慕蘭小姐留念

葉金川

九十五.九.廿

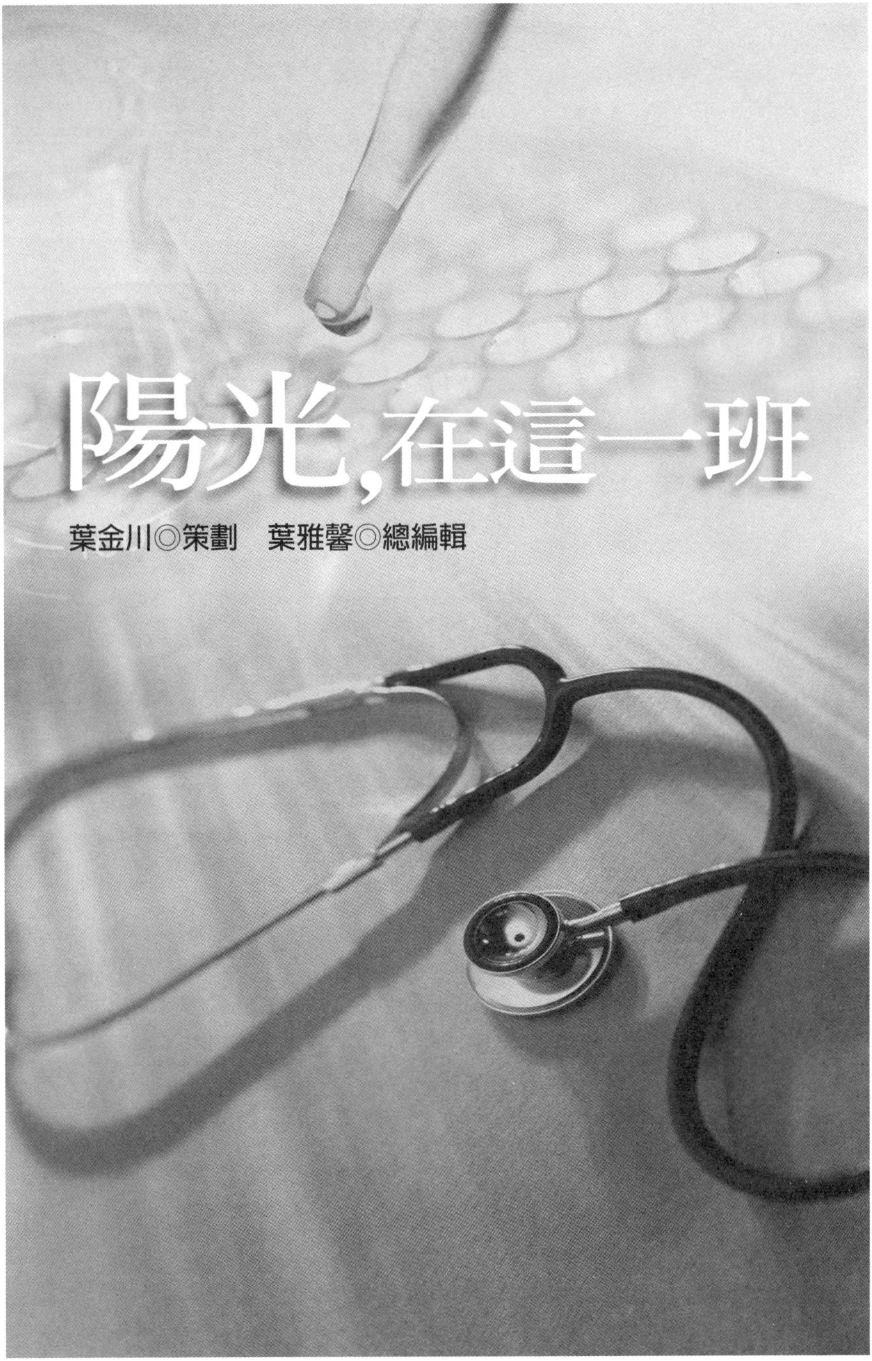

陽光，在這一班

葉金川◎策劃　葉雅馨◎總編輯

〈策劃序〉

「夢想」的力量

葉金川

二〇〇五年的父親節，我得到一個特別的禮物，我與太太、三個兒子一起登頂玉山，而且是當天從塔塔加登山口來回玉山，這是我人生的九十九個夢之一。原以爲自己的行動夠有創意的了，不過，在攀登玉山途中，遇見一個八十二歲的老阿公。登玉山是他一生的夢想，爲了完成心願，兒孫組了一整團，花了兩天的時間，陪他一起登玉山。

他們走回塔塔加登山口時，我問他的兒孫：「你們不怕他這樣危險嗎？」兒孫回答：「他已經練習很久了！爲了爬玉山，他每天都去練習，我們覺得沒有問題。」很佩服老阿公的毅力，換做一般人，可能會擔心得到高山症，萬一發生意外，萬一……。雖然阿公花了比我們一家人多一倍的時間，但是他還是征服了玉山！

這就是「夢想」的力量，不是嗎？

爲了記錄夢想的力量，讓社會大眾了解眾多在公共衛生領域夢想家的精神與背後的價值觀，我在擔任董氏基金會執行長期間，曾規劃一系列的「公共衛生」書籍，例如：《壯志與堅持》，敘述許子秋規劃台灣公共衛生藍圖的貢獻；《菸草戰爭》與《公益的軌跡》記錄台灣艱辛的反菸歷程與背後執著的反菸推手嚴道博士；《全民健保傳奇》介紹台灣五十年來規模最大的社會制度；《那一年，我們是醫學生》，集結十一位醫師精彩的故事，呈現醫學生人性的一面；以及《醫師的異想世界》，敘述多位從醫界轉往其他領域發展而另開拓了一片空間的醫師，以及他們如何勇敢築夢、實現自我的心路歷程。

這本書，是這一系列書籍的延續。出書原始的動機只是要記錄台大醫學系第二屆醫學生畢業三十年的同學會。這可不是什麼尋常的同學會，單是開場的「人生的下半場」演講系列，就是不同凡響。同學們分別從宗教、繪畫、攝影、音樂、公益、服務等來看畢業後走過的三十年歲月。

我們這一班，有很多積極務實的醫界精英，都在自己的領域裡擁有非凡的成就。畢業三十年，人生已經來到一個轉彎處，但我相信，這一班會繼續發光、發熱，就像陽光一樣。

很少人用「陽光」來形容一群已經畢業三十年的同學。不過，我之前在慈濟教書時，常跟學生講，一個年輕人要有創意、要有活力，如旭日東昇；到了中年的時候，以事業、健康爲重，如日中天；到了老年，則要顛覆夕陽的觀念，延續日正當中的心境，去追尋年輕時錯過的夢想。

醫學系長久以來，一直是年輕學子的熱門志願，然而，同樣是醫學

生，對照每個時代有他的優勢和頹勢。我期望透過記錄這班保有赤子之心的醫師，從畢業三十年後的同學會上，回溯過去的求學點滴、畢業後的創意與自我的實踐，讓現代醫學生及青年了解自己的使命、對未來更有憧憬，也期盼讀者透過閱讀這本書，激起對自我的回顧、對生命的熱忱，大膽築夢、展望未來。

《陽光，在這一班》是另一個夢想的闡述，邀請也期待你一同加入！

葉金川／慈濟大學兼任教授

〈推薦序〉

永遠以我們這一班為榮

侯勝茂

我們這一班大半是民國三十九年次，是大戰結束後，大家開始復員，成家結婚後生育的第二個子女，也就是老二。上面有兄姊，下面往往有弟妹，這有個好處，就是父母在教育方面已比較有經驗。

記得當年台大醫學院醫科是大專聯考的第一志願，只收九十九名學生，所以班上每一位同學，均是台灣各地最優秀的中學畢業生。經過七年的同窗，每個人走的路或許不同，但大家均保持最好的友誼，互相扶持，互相鼓勵，爲台灣盡一份力。

我永遠以我們這一班爲榮，我敬佩同學們的純眞、堅持與努力。前些日子，葉金川同學策劃第一本描寫同窗的書──《那一年，我們是醫學生》，獲得很好的迴響，許多曾經想學醫的朋友及「望子成醫」的父母均很喜歡看，我的好朋友們也多次跟我說由書中獲得許多道理，此次再訪問更多的同學，可以看出更多學醫者的多樣性，有的人堅守醫療的本業，有的人從事醫療加上傳教，也有人全力投身公衛領域或衛生行政，甚至辦雜誌做大眾教育的工作。職位或許不同，工作內容迥異，但透過文字描摹，都可以看到同學對生命的熱愛、對工作的投入，以及認眞努力的腳步。

這本書不僅是記載台大醫科畢業生的人生，也是目前台灣醫療界中堅分子的心聲，內容風趣，值得推薦給國人閱讀。

侯勝茂／行政院衛生署署長

〈編輯手札〉

衣帶漸寬終不悔

葉雅馨

「《醫師的異想世界》，怎麼樣？」他問。

「哪一方面？這系列的書都大賣，屬於長銷書。」我說。

這是去年有一次，前台北市副市長葉金川在電話中關心董氏基金會出版的公衛人文系列書籍發行的現況。而後談起他的同學還有好多精彩人物，不該錯過，於是延續當年他在任董氏基金會執行長時企劃發想的主軸，出版以更多班上同學為平台的另一本書。當然，在思考書名時，他聯想到太陽的青春活力，興致勃勃地說：「用陽光來形容對象，應不受年齡限制吧！」

然而，到底要寫給誰看？或說，誰有興趣看？

我們想至少對這班的同學們將是很特別的記憶；而不是這班同學的讀者，看了總會勾起昔日某段懷念的校園往事吧！誰在成長的歲月沒有過同班同學，或許有著一票死黨兼換帖，或自己就是班上的獨行怪客、搞笑天王、精算師、意見領袖、花蝴蝶、瘦豬……，也或許現在的另一半，正是當時的同班同學。於是開始了這本《陽光，在這一班》的企劃。

撰寫書的部分記者與編輯工作人員也實際體驗了這場別開生面的同學會。後製作執編之一怡君加入後，初聽整個過程，第一個反應是驚訝：「怎會有人這麼認眞，開同學會還安排 presentation。」其實這是籌備者的巧思之一，從分享「人生下半場」爲題的演講，爲畢業三十年後的同學聚首，揭開序幕。

很榮幸能透過這本書的編輯過程，認識這一班的同學們，果然個個精彩有趣。不過，編輯製作工程浩大，葉副也親自發過兩次函：力邀同學們完成稿子及收集照片，加上每位同學各有獨特風貌與才藝，及對文章的嚴謹度非常一致，在編輯過程中，來來回回不只一次回稿給每位修改，還有同學在文章修改後加註：請不要再有任何增刪！也因爲葉副對同學充滿尊重，堅持採訪時不要有相同的訪綱，讓他們能自在地發揮，呈現，表達更多樣的面貌，使這書的後製作面臨前所未有的編輯難度。

第一階段好不容易三十一篇記者訪妥，初稿在我手上後，想讓葉副先睹爲快，沒想到太寄予厚愛及嚴格的期待，不到二小時後，他在電話中用擔心的口吻及頗失望的語調問：「這下該怎麼『收拾』？」大大澆了我一盆冷水。我忙著回答：「怎麼這麼說呢？」他更改說法：「那，怎麼『了斷』？」我突然覺得「有隻烏鴉從前面飛過。」我用力地說明這只是初稿，小故事會很生動的……。我一想到爲籌備畢業三

十週年的同學會，他們竟組六人小組，不論自己是什麼現職、位階、都不假秘書之手，事必躬親，從規劃到場地探勘、研究菜色、租車……，頗令人感動。個人也有幸參與這次同學會前置作業的討論，見識到班上精算師陳快樂院長張羅各種經費的核算，雖沒有計算機，她仍算出一人參加、全家參加、不住宿、住宿等各種情況，每位同學需付費的方式；也學到鄧世雄院長跟烏來雲頂老闆的講價功夫，說「這不是價格的問題，是交情的問題」。而在同學會的參與，及閱讀他們文章的過程，可略見或體悟他們彼此深厚的情誼，本身對生活的自在、豐富的人生境遇、全力以赴的工作熱誠。

編輯設計上因文章內容的多面向，所以分成風雲際會、勇敢築夢、睿智人生、真情流露四個軸。在每位人物的版型設計上保留大學時代在這一班時的座號，而每位同學豐富的經歷要以一個標題來詮釋恐稍嫌粗糙，所以把每位同學的人名當作主標題，並以他說過的一段話當

作介紹引子。或許這不是一本震攝人心的偉大史詩，卻在一篇篇小品文中，看到除了他們專業外另有的體悟與生活哲學，那是一種經歷人生風浪後的珍惜與喜悅。

這本書的出版用了許多歷史照片，在照片的提供與圖說上，要特別感謝柯滄銘醫師及他小女兒的協助，任我們打擾了一下午，溫馨雅緻的客廳，更是令我們印象深刻。也要感謝記者淑蓉、智華、芝安、鈺珺在採訪時間上的配合與執筆；睿縈全力以赴包下整個細瑣的聯絡事宜；怡君在後製作上的進度管控；及素美老師在文字上的修潤。才能如期出版，也成爲這班同學三十一週年同學會時的一份禮物。

我相信，在漫漫歲月中，每個人都做過許許多多事，但只有一些事讓人終其一生無怨無悔，那就是爲自己的愛、興趣，或人生理想而付出、而專注。讀這一班同學的人生故事，我似乎更懂了「衣帶漸寬終不悔」的那股起勁、堅持，與義無反顧。我想對他們自己、同學彼此之間、對認識或原不認識他們的讀者們而言，形容《陽光，在這一班》，眞是再恰當不過了。

葉雅馨／董氏基金會心理衛生組主任

目錄

contents

PART 2

風雲際會

勇敢築夢

睿智人生

真情流露

PART 1

陽光，在這一班

走在陽光大道上

〈導讀〉

陽光，在這一班

文／葉雅馨

七月一日，二〇〇六年的下半年，從今天正式開始。

被喻為「與天最近」的青藏鐵路起駛，穿越海拔四千多公尺的青康藏高原，沿途自然景緻全被「解放」，它是一個歷時數十年的跨世紀工程。

同樣，每到這一天，在台灣就有數萬個考生，在酷熱的天氣下上考場應試，帶著大人世界的期待，無論到底有多少把握，像是一個被設定的朝拜儀式，也是成長歲月必經的一個學習考驗。

世足賽熱鬧開打近一個月，最受注目的八強賽事，阿根廷對上德國，原本奪冠呼聲頗高的阿根廷，也在這天敗給德國，阿根廷哭泣了，一如所有的賽事，有贏就有輸。

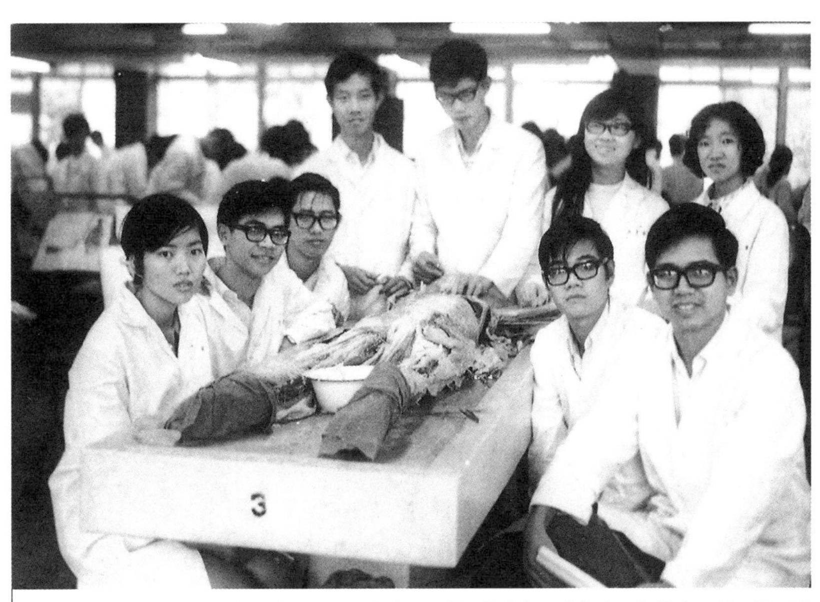

1971年，大三時上大體解剖學，僑生同學合照。第一排左起：黃潔文、何偉宗、盧玉強、雷德、丘子宏。（照片提供／雷德）

電視上的政治話題，仍是歹戲拖棚，每天繼續延燒，這一天，李前總統轉給陳水扁總統一篇龍應台的〈今天的這一課：品格〉；還有他想問：台灣最聰明的人都在幹嘛？為台灣整體的政經環境，注入另一種思維。

至於我，這會兒最要緊的是完成這本《陽光，在這一班》的出書。為的是前台北市副市長葉金川的交代，他要我另寫一篇開場。我重新閱讀這班同學的文字資料及圖片，並思考幾個場景：

穿越時空的場景

「在生理實驗課，我們幾個人不住折磨著一隻狗。一個緊接著一個的實驗步驟，讓大家非常興奮，用功的學生紛紛在

1973年，大五時香港僑生與社會系一年級女生春遊。前排左起：楊光榮、李耀泰、陳樹韜及劉漢平，後排左一為楊光榮太太姚敏莉。（照片提供／楊光榮）

筆記上詳細記錄實驗的結果。我則注視著被綁在板上的狗，牠茫然無告的眼光，及繼續抽搐痙攣的身體，似乎在向我表白什麼。三個小時後實驗完畢，狗兒已奄奄一息，有人不忍，提議不如讓牠早點解脫。大家你看我、我看你，但沒人動手。我用顫抖而興奮的聲音說：『我來。』然後拿起解剖刀，一刀刺入牠的心臟，鮮血噴上我握刀的手，我的眼眶和手都濕潤了。如果我必須做兇手，我願我是一名高尚而仁慈的兇手……」許多年前，王溢嘉的實習醫師手記寫著。

「在婦產科實習，那天輪到我值夜，協助急診、接生……，直忙到凌晨五點，才稍事休息。半側坐在椅子上，等待著天就要亮，另一天的正式工作即將在七點要展開，我用力地問自己：我未來的日子要這樣過嗎？終於，我下定決心不走臨床。」葉金川敘述。

「是和高中另一個班的同學盧玉強，一起坐船來台灣唸醫學院，考上台大醫學系是意料之外的事，出生以來，就沒想過要離開香港。」正忙著耕莘醫院永和分院將喬遷新址的鄧世雄院長回憶當時。「因為語言的關係，不管是保送，還是考上的，大家很快熟在一起。那時，每週我們香港僑生會相聚一次打籃球，打完就吃冰，還替自己取了個名字，叫 MDHKS（Medicine Department Hong Kong Student）。」

想從這些場景開始寫這篇文，卻又一一被自己否定。倒是最近我有機會一口氣把在美國頗受好評的《實習醫生》影集第一季所有片子全看完。大醫院中的刺激與失落，像是一處競技場，它也是行醫的起跑點！讓我更容易體會這一班同學也曾經歷過的淬鍊，他們也曾經是醫院裡的小人物，是醫院食物鏈的最末端，在專業診斷的必要理性與視病如親的必要感性間，讓這群醫生在養成過程中，嚐盡人間的苦與樂。

年輕歲月的共同追憶

三十七年前，因為聯考，讓這群來自不同背景、不同高中、不同家庭的年輕學子，因大

學聯考分發的緣分而相遇在台大醫學院醫學系第二屆。某程度被歸成未來要走同一條「行醫之路」，被認為是聰明的、救人濟世的、未來是多金的、上層階級的。他們曾一起上山下海參加山地服務隊，大三時上大體解剖，大四要上病理藥理，得熟背人體器官的醫學名字，每

1974年，大學七年級，在實習醫師宿舍內「唯一上相處」合照。左起：侯勝茂、柯滄銘、林凱信，拍照者為邱浩彰。（照片提供／柯滄銘）

1975年，台大醫學系畢業學士照。左起：台大醫院內科教授黃瑞雄、國泰醫院家醫部主任林敏雄、皮膚科開業名醫白櫻芳、葉金川、謝德生、在美國的楊禎雄。（照片提供／葉金川）

個關節名、每條神經名，一起蹺課悶頭呼呼大睡……。林憲珍在《那一年，我們是醫學生》一書中就曾形容「在大二時和翁瑞亨一起租屋，當時有機化學的女老師課不賣座就常點名，三次不到就當人。我們經常睡很晚，有時會來不及起床上課，當時迷信易經卜卦的翁瑞亨就會拿幾個銅板敲敲、問問，看當天會不會點名？會，就趕去課堂；不會，就繼續睡。」

當然他們也一起面對繁重的課業，討論疾病，然後瘋狂地打球。

一起在實習過程中，走過兒科病房、婦產科門診、外科急診室、癌症病房、精神科病房、慢性病診療室……，面對生存與死亡、歡樂與悲傷、希望與失落，接受

1972年，大四忙裡偷閒，瘋狂地打球。左起：黃瑞雄、楊禎雄、林凱信、學弟梁有松、白櫻英、葉金川、陳淳、林敏雄、謝德生。（照片提供／葉金川）

人類在痛苦中掙扎的心理撞擊。

這是他們在年輕歲月中共有的經驗，與共同的記憶。可能當初因為座號相鄰，實驗課時容易被分在一組；可能故鄉在外地，都得住宿舍，也就混熟了；或都是來自同一所高中，有一定的熟悉度；甚至因為共同的喜好，音樂、登山、宗教，或常一起蹺課，培養了另一股默契與情誼。

共同的創作

這是一本講一群自台大醫學系第二屆畢業的同班同學，在畢業三十年後，回顧這一路走來的豐富閱歷、睿智、體會與分享。分別描述一段關於自己的故事，而共同創作完成這本書。

閱讀時會有點感到初次讀《哈利波特》的效果，除了些許傳神，忽進忽出另一個時空，書中人物很多，如果你不是在醫療衛生界，可能會嘀咕這本書的開始怎麼少了人物介紹。其實它不是長篇型的小說，也說不上短篇散記。是書中人物懷著豐富精彩的閱歷，與認識與不認識他們的讀者分享這班同學，而寫下的一篇篇小品文。你可以單獨來閱讀每一個人物，不一定每位都是活躍在現在媒體呈現的社會舞台，但是他們在各自的崗位上，都是在解除許多病人的痛苦、陪伴安慰家屬，影響我們社會許許多多的家庭。

1975年，台大第二屆醫學系畢業照。（照片提供／盧玉強）

「大學生活是一生最甜蜜的回憶。不需時間適應，不需特別的事物，那本質就極甜美。同學之間的相處好比一道甜菜不用加糖，就夠甜了。」林憲珍也曾說。

難得的是在他們當中的甜味，竟歷久不衰，來自同班情誼的尊重，彼此激勵，有的是專業職場上的奮鬥，可能轟轟烈烈、戰績輝煌，有的是怡然自在的享受生活，或看到築夢過程的勇敢與樂觀，也有在政治舞台上起起落落，為成就大我的使命感而投入，看不到的是政治舞台的醉心與眷戀。

2006.4.9葉金川（右）在競選台北市長募款茶會上，與同學賴美淑（左）合唱。（攝影／許文星）

同學相互的支持

那年SARS風暴剛過，葉金川被邀請擔任仁濟院院長，在交接典禮上林芳郁描述「這個同學是個很有夢想、還有行動力的人，同班時就常看他動作敏捷，總在我座位旁穿梭來去，可能小動物本來就比較靈活吧！」

葉金川也曾形容林芳郁：很特別，來自富裕的家庭，卻擁有非常人道主義的思考。他是個善良的人；對事只考慮「對」或「錯」，面對全民健保時，他是以站在照顧中下階層民眾的角度，全力支持。

葉金川參選台北市長，競選總部成立會上再次看到林芳郁，他不因政黨色彩、不因個人職務上的利害，只為他是葉金川的同學而站台說：「我認識這個同學這麼多年，只有一樣不如他，就是勇氣。今天他又做了一件我不敢做的事，就是競選台北市長。」

選戰激烈，同在參選的另一場感恩茶會上，我遇到勉強著走路一擺一拐的鄧世雄院長，他告訴我：「痛阿！痛風」。我說：「那怎麼還來？」他回答道：「同學的事怎能缺席。」也看到盛裝的賴美淑與一襲燕尾服的葉金川合唱歌劇魅影中的「MUSIC OF THE NIGHT」和「ALL I ASK OF YOU」。在不同場子不管台上台下總會看到這些同學相互支持的身影。

順應人生發展階段

從這班不同同學們口中的敘述歸納得知，畢業後的第十年，出現的同學並

1986年，於林凱信濟南路家聚會。左起，後排：黃瑞雄、謝德生、柯滄銘大兒子柯宇軒、白櫻芳、陳淳、陳淳小兒子、葉金川、林凱信、林凱信的兩位女兒；前排：葉金川兩位雙胞胎兒子。（照片提供／柯滄銘）

1985年，畢業10周年，在台大景福會館舉行同學會暨演講。左起，第一排：王榮德、王榮德夫人、賴美淑、劉秀雯、林靜芸；第二排：黃冠球、楊哲民、張天鈞、邱浩彰、林芳郁、林凱信；第三排：劉漢平、黃瑞雄、柯滄銘、侯勝茂。（照片提供／柯滄銘）

不多，大家各忙各的，常因同學結婚、入宅而小聚，或小孩很小，抱著孩子參加，共同的話題就是不確定中的動向，夢想還是各自在萌芽。

畢業第三十年，進入人生的下半場，同學間碰面開始因子女的結婚、同學的退休會，或因身體不適而探病……，似乎同學之間也跟著人生的不同階段而有所轉變。

話說人生下半場

本書就從一場三十週年的同學會上相處開始。

先是以「人生下半場」為題，用報告發表的方式，開始這次的相

1995年，畢業20周年，在大溪鴻禧別館舉辦同學會。左起，第一排：劉淑智、賴美淑、林靜芸、鄭寶釵、楊效齡、蔡璐璐、黃綠玉、李玉雲、李素慧；第二排：楊向榮、柯滄銘、林憲珍、葉金川、陳明豐、陳一豪、林芳郁、盧玉強、許世雄、鄧世雄；第三排：李耀泰、雷德、沈博文、陳振佳、張天鈞、黃瑞雄、陳瑞雄。（照片提供／柯滄銘）

聚。再移師幽美的烏來休閒渡假村，在大自然中繼續分享未盡的話題、才藝表演及盡情地展開歌聲。

每位同學用他們「想講什麼就說吧！」的自在，描述自己的一段生命故事，可能是因緣際會成就現在的他；可能是曾經陶醉卻無悔的特別體驗；可能是很早以來就一直在尋覓追求的夢想，然後夢想正逐步執行中；或一路走來深刻的體悟。每篇小品都有它自己的樣子，就像一班的同學中有人活潑、有人沈靜、有人外顯、有人內斂，不同個性，卻豐富了一班，都是同班同學。

風雲際會

在輯一「風雲際會」篇中，邱浩彰說：「在經驗裡，很多事別人不願意做，我撿起來做，最後常常也做出一片天。」他從醫治肌無力症、組俱樂部到正式成立關懷協會是一例。

葉金川在生動有趣的夢想中，有一股對現實社會懷抱著期待與使命：「我夢想：我們社會，有一天，不再分裂對立、仇恨暴戾，下一代都能被教育成陽光利他的社會公民；我們國家有一天能在世界村扮演積極貢獻的角色。」

陳明豐將EMBA的習得，運用在新的健康管理中心，成功地讓整個檢查運作建構成以顧客為中心的舒適流程，兼顧軟、硬體的品質。

李素惠為提升基層腎臟科診所的水準，去除民眾普遍對基層診所醫療水準不高的印象，成立了台灣基層透析協會。

鄧世雄甚至在第三年住院醫師時，在天主教耶穌會的支持下與鄒國英、黃冠球同學，共同成立「天主教康泰醫療教育基金會」，還當了十八年董事長。出錢出力外還要到處募款。康泰也推動成立幼年型糖尿病聯誼會、乳癌病友之「少奶奶俱樂部」、安泰療護宣導，成立台灣第一所護

2005.7.16一早，來自北中南各地的台大醫學系第二屆同學，相約回母校台大醫院，參加二天一夜的畢業30年同學會，會場中隨處可見同學們寒暄、拍照的身影。
（照片提供／董氏基金會．攝影／許文星）

2005.7.16，台大醫學系第二屆同學們在畢業30年的同學會上，合影於台大醫院。左起，鄧世雄太太劉湘齡、鄧世雄、楊光榮太太姚敏莉、楊光榮、王榮德、方昆敏、陳快樂。
（照片提供／董氏基金會．攝影／許文星）

理之家、失智老人基金會，執行許多老人長期照護工作……，真的是「別人不敢做，我們去做」。

陳快樂三十年前選擇「乏人問津」的精神醫療領域，幫助許多病患及家屬，希望近年內能有「精神衛生局」可以更重視大眾的精神健康。

林水龍在醫界歲月中，走過許多家醫院，接受過各種醫療專業與行政峰迴路轉的挑戰，堅持用專業角度進行改革，重拾民眾對醫院的信任。稱得上是醫界中的「艾科卡」。

勇敢築夢

在輯二「勇敢築夢」篇中，張天鈞認為醫學雖是衣食父母，但精神領域裡，藝術才是最重要的快樂泉源。總有一天他會從醫界退休，繪畫則是一生的追求。

林芳郁是現任台大醫院院長，很早以前就想去台東行醫，即使作夢都會夢到，想像每天騎摩托車到不同的村莊看病，若沒什麼病人，就下海游泳。

翁瑞亨就讀台大醫學院二年級時萌生的夢想，直至二〇〇五年完成，他終於從醫療服務轉成傳道工作。

楊士宏常居海外，總是讓海外的樂友有機會聽到台灣最美的音樂：望春風、四季紅、蝶戀花等民謠。希望再演出一首描述台灣過去歷史和對將來希望的「福爾摩沙鎮魂曲」。

彭衍煅是婦產科開業醫，常得肩負母嬰兩條生命的安危，壓力大得不到四十歲就誘發高血壓，所幸與小白球結緣，讓行醫生命更完整。它也是對自我極限的追求。

賴美淑和先生在「人生旅途」上找到一個共同的興趣——生態與賞鳥，他們一起關心大自然、歷史、地理、地質、花草樹木、飛禽鳥獸等天地萬物，期待有一個優遊自在的人生饗宴。

陳振佳，行醫多年，最大的收穫是踏入有機農業，去感受蔬果能量的存在，在自己的農場裡，藉由農事放鬆心靈。

睿智人生

在輯三「睿智人生」中，蔡茂堂談起「當你認真看待基督教時，你發現耶穌曾經為了你而犧牲生命。如果你真的相信有人為你而死，你一定會有很強烈的反應。而我只是為了祂而放棄自己的專業，還沒有到犧牲自己生命的地步，實在算不得什麼。」他用最積極的被動傳教方式，希望大家親自體驗上帝的愛。

林靜芸，身為整型科醫師，卻不認為人人都要整型，主張透過視力矯正、運動、睡眠、飲食、荷爾蒙調整，往健康的方向去「整頓」。

侯勝茂，因母親「抓貓要用擒虎力」的身教，師長「不壓抑屬下能力，讓團隊一起進步」

的做法，讓他不忽略生活中任何小事，用科學的方法增進行政業務的效率，也把所學不藏私地交給學生。

劉秀雯，自己出生醫師家庭，從不因醫院裡充斥藥水味和醫師的撲克臉，而不喜歡醫院。當了醫師後，更時時刻刻和醫療人員打交道，認為不論生活或工作，都應該營造快樂和諧的氣氛。

王榮德認為，因為上帝的看顧，引領走正確的路，在職業病、生活品質與經濟評估、中醫與另類療法三大領域努力耕耘，期待帶給社會正面的影響。

劉淑智形容，「倘若三十年能化為一道激流，那麼這激流的左岸便是我潮起潮落、全力以赴的醫學事業，右岸則是溫馨旖旎、酸甜與共的家庭親人。」

江漢聲，願搭起醫學與音樂間的橋樑。覺得工作再多，最愛還是當醫生，從和三教九流的病人聊天中看世界、知人心。獨處時，鋼琴則成為最忠實的良伴。

陳瑞雄，慣用左手開刀，總認真仔細進行每一項工作，認為手術前的預防，比處理術後的風險更重要。

陳一豪，本來只想活到五十歲，但從醫師變成病人後，才發現如果「game-over」，實在對不起太多人，所以要活著，要把自己可以利用的價值都用光。

盧玉強，長期關注老年醫學，加上宗教信仰，即使離老年愈來愈近，也不會有很多憂慮，而是及早規劃，用平常心來接受歲月的壓力。

雷德，因為叫雷德，專攻放射線科。他不忍得了重症的病人，還要跑來跑去，無形中增加不少身心壓力，於是把各個地方的放射線治療全面提高，病人可以就近找到治療管道，也因此服務地區從北到南，為的是要均衡南北的放射治療水準。

真情流露

在輯四「真情流露」篇中，柯滄銘在文裡描述和太太的形影不離，彷如連體嬰，因未能及早發現她罹患乳癌而抱憾，及如何陪伴她到最終。對太太「純貞」的思念之情，讀來令人動容。

謝德生則說，能有機會年年和大學老友見面敘舊，就是人生中的一大樂事！如果世界上真的有前世今生，希望延續彼此的「緣分」，讓這場同學會一直開下去。

駱惠銘憶起一段往事：蔡茂堂和楊士宏的同學之愛，陪伴他走過喪親之痛。因受到父親生病驟逝的影響，讓他不輕易放棄每個可能存活的生命，願花比一般急救程序更多倍的時間，「與死神在鬼門關拔河搶病人。」

林凱信身為小兒科醫師，對自己孩子的成長過程因而瞭若指掌。前些時候，在美國大學

畢業、開始工作的兒子還跟他說：「好想回去，讓你幫我挖一挖耳屎。」可見父子間的好感情。

鄒國英從幫人看病的「醫師」，搖身成為替學生授課的「老師」。因有著「信仰」與老同學的相挺，總享受著來自學生的意外驚喜。

楊光榮則憶起當年，課業雖然繁重，被當的危機猶在，VIRUS民謠合唱團仍用歌聲填滿醫學生涯中有限的空隙，為同學們記錄下在青春歲月裡美好的回憶。

充滿陽光的行動力

看到這裡我不禁要想：這真是受到上帝眷顧的一群人。

三十年前，他們一樣經驗了激烈的聯考、競爭，他們在至今的人生道路中，每個人保持了各自的風骨與氣度；無論從醫或從政，都處處可見他們在現在崗位上的投入與卓著貢獻。

王溢嘉曾在回憶自己懷疑困挫的過往後寫下一段話——「生命的意義不是在內省、沈思或關懷中去『發明』的，而是在行動中去『發現』的。個人終究要過他選擇的目標，來成就他的生命意義。」

這班同學們，不論對生命意義的看待如何，你會發現他們一直在行動中——用很陽光的方式。

幾世紀前的哥德曾在詩中激勵自己：「無論何事，只要你能，或夢想你能，就放手做吧！魯莽之中，自我天賦與不可思議的魔力會幫助你。」

我想就用這句話讓本文暫告一段落，懷著探索、分享、憶起校園往事的心情，繼續接下來的閱讀吧！

人生的下半場

文／蔡睿縈・林淑蓉・葉雅馨

詩人杜十三曾說過：「我愛你，I love you，有千百種說法，你要找到最有創意的一種，才能感動別人。」

台大第二屆醫學系同學畢業三十年的同學會，若聚餐敘舊，豈不老掉牙，怎麼才能有創意？林芳郁（台大醫院院長）提議請同學報告，題目當然要與畢業三十年相關。他的神來一筆，使得這場同學會獨一無二。有位同學參加後感動地說：「這是一場精心策劃的盛會，未能參加的同學將終生遺憾。」

要同學報告畢業三十年的現況與心得，想法很炫，可是不易操作。同學很多，不見得每位都樂於表白，如何安排就是一道難題。

籌備同學會的六人小組——王榮德、林芳郁、江漢聲、葉金川、賴美淑、鄧世雄決定把它分為二段——「正式的演講」和「隨意的分享」。「人生的下半場」專題屬於正式的演講，以正經的研討會方式來報告，分別邀請（其實是指定）同學從宗教、藝術、音樂、生涯、工作挑戰、面對疾病等層面來看人生。

為何是人生的下半場？蔡茂堂同學的開場：「人生的上半場大家追求事業、成就，下半場就應該追求尊貴的生命。」清楚地闡釋「人生下半場」的意義。

的確，對這一班同學來說，人生的下半場早已經開始了，但是沒有對手，也沒有裁判，沒有輸贏，沒有勝負。人過了五十歲，就該再想想，為何而戰？為誰而戰？誠如葉金川所說：「人生只有對自己負責，自己就是對手，自己就是裁判。而每個人心中都有個山頂，希望終究能踏上自己心目中的三角點。」

尊貴的人生

一系列人生體驗的分享，是由蔡茂堂（台北和平基督長老教會牧師）打頭陣，他的講題是「尊貴的人生」，他一上台就揶揄自己「不務正業」，掩蓋在玩笑話背後的是他波折的人生。

蔡茂堂念台大醫學院時家境很差，窮到幾乎要辦退學，為了負擔全家的開支，籌措自

2005.7.16，在畢業30週年同學會上，台北和平基督長老教會牧師蔡茂堂，與同學分享「尊貴的人生」。（照片提供／董氏基金會．攝影／許文星）

己、弟弟與念私立醫學院妹妹的學費，他同時兼三個家教，幾乎沒時間唸書的他，還能以第一名優異的成績畢業，同學林靜芸誇他「真的是天才！」不過，人生的挑戰，卻一關關考驗著他。後來幾經轉折，他放棄醫師的工作，成為牧師，遠至美國傳道，直到二〇〇五年才回到久別的台灣。

蔡茂堂分析，人生的上半場（五十歲以前），人們追求成就；在人生的下半場（五十歲以後），就應該追求「尊貴的人生」。像印度的甘地、台灣的證嚴法師、天主教的泰瑞莎修女，都是把自己生命的種子奉獻出來，播種到最弱勢、最偏遠的地方，結出更多希望的種子。

而他也以《雅比斯的禱告》為例，說明怎

2005.7.16，在畢業30週年同學會上，台上同學無私地分享人生經驗，台下同學則是入神地傾聽。（照片提供／董氏基金會．攝影／許文星）

樣的生命最尊貴。雅比斯出生的時候，讓媽媽受苦，因而他向神祈求：「願你賜福給我，擴張我的眼界、心胸與影響力，與我同在，賜我力量，讓我不再繼續成為別人痛苦的來源。」這是一個轉變生命的禱告，雅比斯比弟兄更尊貴，也就是他願意把讓人家痛苦的部分拿來禱告，願意被改變。

他說，如果一個人的影響力很大，「最大的危險就是自己」，可能驕傲自大，晚節不保，做一件不對的事情，對自己、對家庭、對周圍依靠或景仰自己的人，都是不好的影響。他提醒台下有成就的同學，愈年老的時候，愈要做這個禱告，期許自己「不讓別人痛苦」，擴大自己的眼界與心胸，帶給更多人好的影響，使原來讓人痛苦的生命，變成讓人得到快樂與平安的生命，這樣才能活出尊貴的人生。

主修藝術、副修醫學

第二位分享人生體驗的是張天鈞（台大醫學院內科教授），除了在甲狀腺疾病與內分泌疾病領域，專業表現備受肯定，對繪畫的熱情，也讓他進一步將藝術的體驗，應用於醫學上。

如在醫學生的教育上，運用大量圖片來旁徵博引，為此還榮獲台灣大學教學傑出獎；而在社會教育方面，更是結合藝術與醫療，出版《名畫與疾病》、《張天鈞的名畫診療室》等

2005.7.16，在畢業30週年同學會上，台大醫學院內科教授張天鈞，分享「主修藝術，副修醫學」。（照片提供／董氏基金會・攝影／許文星）

書，從解讀名畫的角度切入，生動地介紹人體的奧秘，提供民眾預防疾病之道與養生方法。

從他的講題「主修藝術、副修醫學」，不難看出他對繪畫的熱衷，而他也幽默地說，「這個題目不是我自己定的，是大學時的美術老師認為我在藝術方面的投入和專注程度，不亞於醫科專業，就說我是主修藝術、副修醫學，幸好我的醫學現在還做的可以。」

張天鈞透過一張張畫作的簡報，分享他從懵懂的醫學生，到畢業後，成為獨當一面的醫師、傳承經驗的教授，甚至是為人子，為人夫，到為人父……，各個時期內心最深的感動，他笑說，「人家用筆或照相機寫日

記，我則用繪畫寫日記，人生有許多夢想一輩子也不會實現，而在繪畫的國度裡，卻可以自由自在任意翱翔」。

也因如此，張天鈞完成的作品很多，堅持不賣畫，因為「我畫畫是為了興趣，每一幅畫都是我內心最深的感動，如果賣了，就會失去那一部分的感動，很心痛」，而一幅幅以生命經驗揮灑的畫作，也讓在場的每個人留下繽紛的回憶。

人生的選擇題

再來，是鄧世雄（耕莘醫院副院長兼耕莘醫院永和分院院長）的「人生的選擇題」。他是香港僑生，一上台便用濃濃的廣東腔自首，「來台灣三十八年，國語還是小學一年級的程度」，引得台下哄堂大笑。

為了讓演講更生動，他煞費心思準備，且詢問小兒子該如何呈現，兒子建議：「你們都是考試高手，還是用考試的方式來呈現吧！」因此，他別出心裁地把簡報設計成考卷的形式，演講的題目正是斗大的考試科目：「人生學」。

鄧世雄把人生前五十年的發展，用五個「選擇題」，說明他每個人生關卡的抉擇。之後，則用「作文」的方式，分享為何會在人生中場——五十歲的時候，把重心放在「服務與奉獻」，以及人生下半場的夢想。

2005.7.16，在畢業30週年同學會上，耕莘醫院永和分院院長鄧世雄，分享「人生的選擇題」。
（照片提供／董氏基金會．攝影／許文星）

跳脫一般人對醫學生課業為重的看法，鄧世雄唸醫學系時，還加入足球隊，代表學校到海外比賽，並與三名同班同學——楊光榮、雷德、丘子宏，組成VIRUS民謠合唱團，他說「這些經驗使原本嚴肅緊張的醫學生生活平添多采多姿的彩虹」。

一九七五年畢業後，他在台大醫院放射線科繼續鑽研，當時班上蔡茂堂、王榮德、翁瑞亨等同學，提出一個口號「為上帝當兵三年」，他覺得很了不起，於是萌生做另類服務的念頭。當住院醫師時，在天主教耶穌會支持下，與鄒國英、黃冠球同學，和幾位台大醫護人員，共同成立「天主教康泰醫療教育基金會」，希望為社會做一些有意義的醫療工作。

在康泰學到的能力，也讓他在職場上做決策時，比較敢做社會有需要，但一般醫院不願做的不賺錢服務。近十幾年來，擔任耕莘醫院管理職，更全心投入較被忽視的老人和身心障礙的照護服務，老人長期照護似乎已成為鄧世雄從醫的第二個專業。

對於人生的下半場，鄧世雄期許自己要「老有所用」，以服務為社會大眾造福，希望服務的對象或自己，都有健康、喜樂，充滿平安的心境，能有很豐富的人生。

人生第七局的挑戰

接著分享的是葉金川（前台北市副市長），畢業後的發展和班上同學不太一樣的他，受台大公衛研究所陳拱北教授的影響，沒當過一天醫師，畢業後就離開台大，從事公共衛生。一九七九年先到衛生署工作，後來到美國哈佛大學公衛學院攻讀流行病學碩士，一九八二年回台擔任有史以來最年輕的醫政處處長，開辦五十年來台灣規模最大的社會制度——全民健保，直到一九九八年離開全民健康保險局總經理的職務，整整二十年的時間都在做公衛人。

即使卸下公職，葉金川仍謹記陳拱北老師說的「做公共衛生的人，就是要為人民服務。」擔任董氏基金會執行長、仁濟院院長，協助民間公益團體規劃服務的藍圖。在董氏基金會任職期間，他規劃一系列公衛的書，把他那一代的理念記錄下來，讓年輕醫師知道前輩怎麼走過來；同時擔任慈濟大學公衛教授，把實務經驗傳承給後輩，而在SARS襲台期間，即使不

2005.7.16，在畢業30週年同學會上，前台北市副市長葉金川，分享「人生第七局的挑戰」。（照片提供／董氏基金會‧攝影／許文星）

具公職身分，葉金川仍跳入火坑，進入充斥SARS病毒的和平醫院，全力搶救封院危機。後來，即使一度重返政治叢林，擔任台北市副市長，他關注的仍是他的想像，永不停止的夢想。

葉金川的講題很特別，是「人生第七局的挑戰」。為什麼是第七局？他解釋，「棒球比賽中，先發投手通常在第七局會被換下來休息，換中繼投手、救援投手上場。」他拋了一個問題問同學，「我們現在有什麼優勢、可以做什麼？」接著，撓富哲理地說明，「以我們的年齡，已經失掉了一些優勢，體力、智力或學習能力已經下降，但是有歷練、經驗、財力，也擁有無形的資產與智慧。更具優勢的是，沒有什麼好計較輸贏的呢！現在多做一些事，只會贏、沒什麼好輸的，只會多留下一些值得驕傲、值得回憶的事。」

而他也分享了自己的夢想，包括想要規劃、完成全國的腳踏車道路網、推廣騎腳踏車這

個不會污染環境的環保運動；想從花蓮的七星潭划獨木舟，去看看被稱為「福爾摩沙」的清水斷崖；也想每年完成一次全程馬拉松、持續攀登三千公尺以上的高山……，最後他感性地說：「我以我們優秀的同學為榮，希望每位同學都可以繼續用心去寫下自己的人生故事。我想每位同學都有比我更彩色的人生可以記錄。」

人生遭逢困境之心理調適

專長頭頸部腫瘤外科的陳一豪（長庚醫院頭頸癌醫療團隊召集人），人生觀很特別，「本來只想拚到五十歲，接下來吃喝玩樂什麼都來」，但一場人生的考驗——得到突發性腦血管疾病（CVA），讓他徹底改變。他的講題是「人生遭逢困境的心理調適」。

二〇〇四年十二月，陳一豪在開刀房中剛完成一個手術，忽然覺得四周的燈全暗了下來，甚至站不住，那是他生平第一次體驗瀕臨死亡的感覺。他趕緊替自己掛號，進行核磁血管攝影（MRA）。檢查後，發現是顱底動脈剝離性血管瘤，隨時可能爆裂而致命。

為了不讓太太每天活在不知何時老公會突然離開的恐懼中，他決定積極治療、放置血管支架。「那是我生平第一次做這種手術，當時我胖到七十六公斤，擔心全身麻醉難插管，又怕導尿，尤其導尿對男人而言，是很痛苦的事，自己當了病人，才能體會到。」陳一豪餘悸猶存地描述手術前後煎熬的心境。

2005.7.16，在畢業30週年同學會上，長庚醫院癌症中心頭頸癌醫療團隊召集人陳一豪，與同學分享「人生遭逢困境之心理調適」。
（照片提供／董氏基金會・攝影／許文星）

鼓足勇氣完成手術的他，沒想到，手術後隔天，右腳突然麻了，緊急做MRI（核磁共振），竟發現左腦視丘梗塞，是放血管支架的併發症。為此，陳一豪又住院兩個月。這兩個月，身體右邊都是麻的，沒辦法如廁、洗澡、做任何事，全靠太太幫忙，他感性地說：「太太堅持陪在我身邊，我很感動，那一刻，我終於感受到，身為病患與健康的人，有多麼不同！」

以前在同學會上，陳一豪常說，只要活到五十歲就好，甚至怪同學葉金川，為何透過公衛規劃，把台灣人口平均壽命提高到七十、八十歲。不過，經歷過這場大病，他體悟到，「如果真的就此game-over，實在對不起太多人」，所以菸癮極大的他戒了菸，開始珍惜身體。

「活著，就是要把自己可以利用的價值都用光，沒有什麼比這件事更有意義。」陳一豪堅定地說出他病後最大的期望。很替別人著想的他，生病時並未驚動同學，透過這場溫馨的同學會，他把重生後的喜悅，分享給大家，而同窗們惺惺相惜的真誠關懷，也從現場熱烈的

掌聲與同學紛紛起身、上前擁抱他的動作中，流露出來，瀰漫了會場。

生命的另一章

另一位分享心境轉折的是駱惠銘（新光醫院心臟內科主治醫師），主攻心律不整的他，曾經和同學林芳郁一起進行心臟研究，一九八七年，合作完成全亞洲第一例的「房室結迴路型頻脈」手術。

看來老實靦腆的駱惠銘，一上場就感觸良多地說，「很高興來參加同學會，表示我還在。新光醫院院長洪啓仁老師是我們的老師，他說，他們是一個禮拜舉辦一次同學會，他都不敢不去，因為如果他不去，人家會猜他不在了。」台下不少同學聽了忍不住笑了起來，眼神卻又顯得若有所思。

2005.7.16，在畢業30週年同學會上，新光醫院心臟內科主治醫師駱惠銘，與同學分享「生命的另一章」。
（照片提供／董氏基金會．攝影／許文星）

前陣子，駱惠銘的身體險些亮了紅燈，不過，孝順的他為了不讓高齡八十多歲的母親擔心，努力地調養，現已逐漸康復，而他也把面對困境時最受用的啓發，與同學分享。

這是一位牧師的祝禱詞，內容是「願上

2005.7.16，在畢業30週年同學會上，輔仁大學醫學院院長江漢聲，與同學分享「從音樂看人生」。（照片提供／董氏基金會‧攝影／許文星）

帝賜給我平靜，以接受我無法接受的事；賜給我勇氣，以改變應該改變的事；最重要是讓我能夠分辨這兩者的智慧。」說完，他一一向同學、每天費心照顧他起居的太太致謝，感謝大家對他的關心。真情相挺、互賴扶持的氣氛，讓在場的每個人忍不住紅了眼眶。

從音樂看人生

江漢聲（輔仁大學醫學院院長）身為著名的泌尿外科醫師，早年他從事性教育推廣，出版《金賽性學報告》等三十、四十本性教育著作，協助成立性教育協會，得到「性學權威」的封號，近幾年，則把重心放在發展醫學人文，培養具人文素養的醫學生，並結合興趣與職業，發展音樂治療。他

的講題是「從音樂看人生」。

從小學鋼琴的江漢聲自剖，小時候要代表兄弟姊妹學琴，剛開始有很大的壓力，但經年累月互動下，鋼琴成了他最忠實的良伴。現在他還是每天彈琴，不管是十分鐘或是一小時，不管心境孤獨，還是興奮，他都會告訴這位外表總是黑白，聲音卻是多彩的伙伴。

他除了分享少年、壯年等不同時期音樂給他的感動與滿足，也透露全世界最長壽的琉球村莊的長壽秘訣是：「不要太害羞，高聲唱出來，玩音樂」，藉此鼓勵同學學個樂器來抗老化，讓音樂成為自己一輩子的好伴侶。

從美麗看人生

在這一連串演講系列中，負責壓軸的是林靜芸。專長是整形外科的她，藉由「從美麗看人生」的主題，分享許多美的趨勢，及美麗跟健康的關係，在場的同學與家屬，不分年齡、不分男女，不自覺地傾身向前，專注聆聽，果然，「美麗」是最令人動心的話題。

她介紹了許多新觀念，如以前的整形是希望擁有雙眼皮、高鼻子、小嘴巴，誤以為只要將人雕塑成奧戴麗賀本，就會變年輕。可是，現在整形追求的不是有無雙眼皮等外觀，是一個眼神或神態，希望自己看起來很有精神。

林靜芸形容，老化就像氣球消掉，所以臉上的脂肪要盡量留起來，現在的眼袋手術不僅

2005.7.16，在畢業30週年同學會上專長整形外科的林靜芸，與同學分享「從美麗看人生」。
（照片提供／董氏基金會‧攝影／許文星）

不抽脂，反而把下眼瞼補起來，這樣的手術可以持久，而且有年輕化的效果。

而她也透露，美麗與健康是有關係的。「抗衰老運動一定要注意睡眠，和矯正不良的生活習慣。」她自信地說，要知道眼部手術的效果，「問病人睡得好不好就知道了」，如果他睡得不好，預後一定不好。

林靜芸接著呼籲，不要老化，還要矯正不良的生活習慣，如矯正視力、治療鼻子過敏。她說明，不管是近視或者是老花，只要瞇眼睛，眼睛就會下垂、變小、有皺紋，甚至養出眼袋。這些人不管怎麼進行手術，眼睛還是小小的，同時會老得很快。

每當視力差又不願戴眼鏡的病人來求助時，林靜芸都會幽默地回答：「你只有兩個選擇，戴眼鏡，或者是戴皺紋」。台下不少愛美的女性，聽到這裡，紛紛偷偷地戴起眼鏡。

她也不忘請台下聽得入神的同學幫忙宣導戴眼鏡的重要，看著同學侯勝茂說「衛生署長在這裡，應該跟署長報告。台灣很多人視力非常不好，他們都拒絕戴眼鏡，視力〇．一還騎摩托車的人一堆，在路上要把騎摩托車的人攔下來檢測。」全場頓時笑成一團。

歡樂的笑聲，迴盪在午後的台大校園，時光彷彿也倒流回三十年前，這一班同學間以彼此為榮的真摯感情，將會牢牢纏繫彼此，一直延續下去……。

回憶當年

・似曾相識

在台大醫院大夥分享「人生的下半場」的演講後，同學們往下一個行程——烏來雲景溫泉渡假山莊出發。

當編輯小組問及「是否認不得哪位同學」時，率真的整型外科名醫林靜芸憶起十年前，在畢業二十年同學會上一個難忘的場景。

那時她和先生林芳郁有事晚到，趕忙問飯店服務生「台大醫學系的同學會在哪？」她依

2005.7.16下午，畢業30週年的同學會上，台大醫學系第二屆同學們攝於烏來渡假山莊。
（照片提供／董氏基金會‧攝影／許文星）

服務生指示朝會場走去，可是，卻在進門處看到一位阿伯在含飴弄孫，心想那應該是某個家庭聚會，不會是同學會，就回過頭再問一次服務生，得到的答案還是一樣，她只好對那位阿伯視而不見，走進去才看到一票熟悉的同學。後來她才弄清楚，那位頭髮花白、臉上有些風霜，但很慈祥的阿伯居然是同班七載的同學林憲珍。林靜芸解釋說：「林憲珍太久沒出現，和學生時代的樣子差很多，才會認不出來。」

從最遠的美國紐約返國參加同學會的楊士宏（紐約石溪大學醫學院臨床副教授）也誠實招認：「陳快樂（八里療養院院長）樣子變得比較多，認不出來；陳卓燊（曉明綜合診所負責人）帶著旅行包，猜想應該是同

學，卻叫不出名字；楊光榮（楊光榮耳鼻喉嗓音專科診所院長）、雷德（苗栗為恭醫院放射腫瘤科主任）改變比較少，一下子就叫得出名字。」

向來注重保養的劉秀雯（台北市立聯合醫院中興院區院長）說：「不論是看以前的照片，還是同學會上碰到面，總覺得有些人『似曾相識』，當下卻難認出來。」可見，即使是相處七年的同學，數年不見，改變太多，也愈來愈難認，想避免「被同學認不出來，或認不出同學」的窘境，同學會要多多出席。

在美國打拚26年的何德宜，在同學會上專注地和同學分享數十年來病理分析的心得。
（照片提供／董氏基金會・攝影／許文星）

還有在美國打拚二十六年，距上次回台灣已有十八年的何德宜，戴副眼鏡，溫文儒雅地上台用指示棒指著幻燈片，和同學分享數十年來病理分析的心得，看得出何德宜在學術上的用心。他不忘提及讀書時愛爭辯不服輸的個性，受同學「關心」的往事。

當年在同學眼中，何德宜像一隻「相打雞」（鬥雞），動不動就跟別人吵起來，到了畢業的時候，說話絕不拐彎抹角的林凱信（台大醫院小兒部主治醫師），給他的畢業贈言是：「不要再跟別人吵架了。」何德宜跟林凱信說：「我到現在都還記得你的話。」林凱信卻早就忘了自己說過的建言。

・眞情流露

抵達烏來雲景溫泉渡假山莊後，同學們顯然是對上午的演講意猶未盡，又相約到山莊的會議室，繼續分享人生體驗，和上午正式的演講比起來，下午的分享，隨性卻不失精彩，熱烈地交流，直到晚餐前才暫時停歇。

晚餐後，籌辦小組安排了熱鬧的晚會。

晚會中有人才藝表演，有人藉由簡報分享近況，有人率性演唱大學時的流行歌

畢業30週年同學會當晚，同學們舉杯為30多年來原汁原味的感情慶賀。前排：林靜芸；後排左起，葉金川、林芳郁、劉秀雯、鄧世雄、江漢聲、王榮德、賴美淑。
（照片提供／董氏基金會‧攝影／許文星）

2005.7.16，在畢業30週年晚會上，現居各領域要職的台大醫學系第二屆同學們，難得地露出輕鬆的神態，大展歌喉。（照片提供／董氏基金會．攝影／許文星）

曲，真情流露。

其中表演才藝的時間，大家的反應非常熱烈，幾乎是人人搶上台，絕無冷場。劉秀雯在家苦練長笛時飽受屈辱，老公侯勝茂勸她：「不要把快樂建築在別人痛苦上。」兒子看到她要練長笛，還揶揄說：「媽媽拿凶器出來了，快逃！」只要她準備練長笛，一家人通通各自躲回房間，所有的過程，劉秀雯在同學面前都很坦然地說出來，演奏之後，連江漢聲都讚美有加，同學有時比家人更有人情味。

緊接著是照片分享時間，相片對感情深厚、卻不能常聚首的同學們來說，是很重要的橋樑，同學們把照片放進簡報，照片中的人物、景色、時間，記錄著每個人的生活概況，所以，只要同學指著相片訴說過去的際遇時，大家總會聚精會神專注聆聽。

柯滄銘一家人喜歡拍照，同學會上他把全家福的照片拿出來和大家分享。他和太太純貞的感情很好，去過他診所的患者總是對柯太太熱情親切的招呼，留下深刻的印象，可是，她在二〇〇五年一月因乳癌擴散而去世，喪禮距離同學會只有半年時間，很多同學都去參加了告別式。

以往同學會，柯太太幾乎都會陪同出席，這次，她缺席了。柯滄銘把最近幾年全家福照片放給大家看，一邊略訴太太得病到過世的歷程。在數十位同學面前，柯滄銘強忍悲傷，指著一張沒有太太倩影的照片說：「純貞很愛拍照，今年她不在了，我們還是去拍了全家福，希望把這個傳統延續下來。」

相片除了傳遞相思，隨著時光流轉，有時也會激盪出意想不到的新發現。

像邱浩彰也喜歡拍照，有一次到巴黎，不經意發現過去沒看過的景色，就用照片記錄了「不一樣的巴黎」。而另一張唸書時上解剖課的老照片，更引起同學爆料：「實習的時候很少看到王溢嘉，他卻可以寫出『實習醫師手札』。」

欣賞照片時，同學們沒忘記一展歌喉，台語嚇嚇叫的葉金川和賴美淑合唱英文歌；大學時組樂團唱英文歌的雷德唱「相思雨」，定居美國的楊士宏唱「黃昏的故鄉」；規矩內斂的王榮德也上台和楊哲民合唱「你儂我儂」……。

除了外表的改變，個性作風的改變更會令人印象深刻。在大學時代，鄒國英（現任輔仁

大學醫學系主任）以安靜內向著稱，七年同窗生涯中，很多男同學和鄒國英講沒幾句話。然而，畢業三十年同學會當晚，在烏來辦party，劉秀雯拉著鄒國英組成「辣妹二人組」，上台幫深情演唱的同學雷德伴舞，雙手雙腳隨著旋律擺動，同學們見識了不一樣的鄒國英。

2005.7.16，在畢業30週年晚會上，台北市立聯合醫院中興院區院長劉秀雯（左），拉著輔大醫學系主任鄒國英組成「辣妹二人組」，上台幫深情演唱的同學伴舞。
（照片提供／董氏基金會・攝影／許文星）

同學間側記

・死黨密友知多少

同學間會特別熟的原因，不外乎學號相近一起做實驗、興趣相投、同寢室等因素使然。

當年林芳郁、陳瑞雄（國泰綜合醫院心臟血管外科主任）、陳一豪同住一間寢室，即將畢業的那一天，室友最後一次聚在寢室聊天，談到未來的夢想時，林芳郁說出心中的願望：「到最偏遠的地方服務。」後來卻發展成「到最大的醫院當院長」，陳瑞雄在同學會上回憶當年那一幕，最能感受世事難料的真諦。

同寢室未必後來就往來密切，像是林凱信和翁瑞亨睡上下鋪，但林凱信現在會去和平教會聽蔡茂堂講道，翁瑞亨則在嘉義發展，相對見面機會反而少。不過，見面談起往事，仍是歷歷在目。

記得有一次，翁瑞亨的父親特別到宿舍看翁瑞亨，翁父發現睡上鋪的林凱信比翁瑞亨壯碩，擔心之餘還伸手搖一下床柱，看看牢不牢靠，擔心柱子不穩，林凱信萬一掉下來，會不會把翁瑞亨給壓扁。

姊妹淘見面，話匣子就關不住。現在美國德州從事公衛教育，已很久沒回國的黃綠玉和林靜芸說個沒完，林靜芸眼中的班花就是黃綠玉。

當年黃綠玉總是梳個公主頭，很女人味，難怪很快被把走。同學會才兩天的行程，黃綠玉就換了數套衣服，愛美的性格也展露無遺。

有些人到國外定居就很少和同學連絡，這一班卻是例外。彭衍炆（彭婦產科診所負責人）曾經和何德宜相約遊愛之船（當然不是他們兩位，是兩對夫妻）；而大學時期經常和楊士宏一起欣賞古典音樂的邱浩彰，到美國旅行，也會住到楊士宏家。照片在同學會上也有吃重演出，有不少同學私下聚會鏡頭出現在這次同學會上，有些同學沒能出席，就透過鏡頭「交代」

2005.7.16上午，畢業30週年的同學會上，台大醫學系第二屆同學們攝於台大醫院。左起，侯勝茂、楊士宏、林凱信太太蘇喜、林凱信、林芳郁、陳快樂。（照片提供／董氏基金會・攝影／許文星）

近況。

・人才濟濟

這一班在台灣醫界很多名人，有衛生署長、台北市副市長、各大醫院院長、副院長、主任、教授……，每個人在工作上都有一片天。更值得一提的是，同學中具備領導特質的人比比皆是，而且不只會念書，還個個才華洋溢。

當年考進醫學系前三名都是嘉義高中的學生：李端崧（現在美國開業）、張天鈞、陳仁德（陳仁德醫院負責人）。張天鈞後來不那麼在意書卷獎，反倒是常成為美展的優選，他的繪畫絕對具有職業水準。

張天鈞曾畫了一幅「藍色威尼斯」，但每次到威尼斯，夫妻倆都會吵架，後來業餘做陶瓷的太太就說：「這種作品不要放在家裡。」張天鈞把畫賣了十萬元，這個數字讓他體認到：「賣畫比當醫生好賺。」即使如此，他還是不願意改行賣畫。

除了「藍色威尼斯」之外，流落在外的畫只有一幅，在林靜芸父親手上。林靜芸的爸爸林秋江醫師喜歡畫畫，同學談到張天鈞也喜歡繪畫，他就送了林爸爸一幅畫。

張天鈞說，大學時期的畫因為多次搬家，根本沒留下來，反倒因送給林爸爸，而把畫留了下來，這是當初送畫始料未及的事。可是，既然送了，即使同學會碰到林靜芸，也沒有開口要回來的道理。

雷德、楊光榮、鄧世雄、丘子宏（丘子宏眼科負責人）四位在大學時組「VIRUS」（Very Intelligent and Ridiculous University Students）民謠合唱團的僑生，把以前學生時代表演唱的歌重錄，拷貝成CD給同學，做為三十週年同學會的紀念。楊光榮有感而發地說：「我們還有沒有另一個三十年，誰也沒辦法給我們答案，可是，在音符裡，可以回味當年還是醫學生的時光。」

有的人喜歡運動，像愛爬山的葉金川、林凱信經常結伴而行，下山時順道探望白櫻芳（現代禪專業修行者、白皮膚科診所院長）。彭衍炆也常爬郊山，後來還攻玉山，寫下輝煌紀錄。愛打球的又是另外一掛，侯勝茂、劉秀雯和吳愛卿（現為馬偕醫院眼科醫師）、王國恭是夫妻檔，還有彭衍炆、陳淳（現為台大醫院泌尿科主任）、黃一純（現為黃一純診所負責

2005.7.16，在畢業30週年同學會上，楊光榮有感而發地說：「我們還有沒有一個30週年，誰也沒辦法給我們答案，可是，在音符裡，可以回味當年還是醫學生的時光」。
（照片提供／董氏基金會．攝影／許文星）

人）、楊哲民（台灣礦工醫院主任）都熱衷小白球，有時會安排小型同學會，以球會友。

關於未來

這一班同學如果十年後再聚會，就是可以領老人津貼的年紀了，可是，現在並沒有人規劃要退下來，幾乎都在說：「還可以做什麼？」

賴美淑（台大公共衛生學院預醫所教授）愛上賞鳥，一定要抓住僅有的體力，上山下海去聽鳥語。林凱信、邱浩彰、彭衍焌、黃綠玉……都熱愛旅行，計劃將來退休之後要花更多時間旅行。林靜芸甚至打算去巴黎或維也納住，雖然還沒和老公林芳郁「喬好」。愛熱鬧的鄧世雄退休後還打算和教友、牌友、同學一起享受晚年。

這些訊息如果聽在晚輩耳裡可能真是好消息，因為這一班太多人位居要津，一批人退下來，就會空出很多高位。不過，還是有同學透露比較可能接近事實的情況：「我們班同學真要完全退休很難，十年後，大家可能還在討論要做什麼？人生的另一個十年要怎麼規劃？」在美國數十年，遠距離觀察同學的楊士宏說：「現在如果要選一首班歌，那我認為不可能的夢想（Impossible Dream最適合）。」

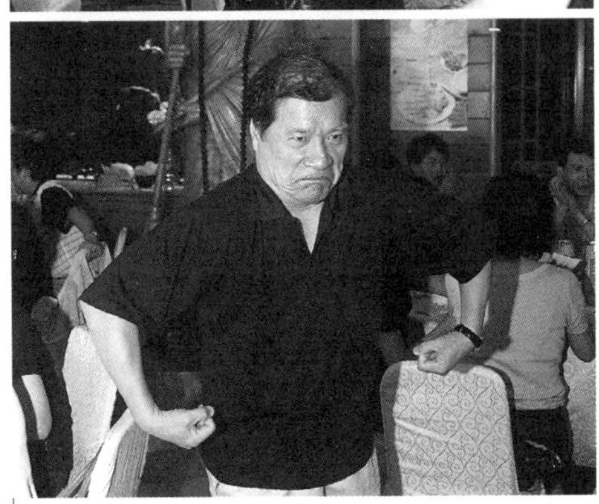

2005.7.16畢業30週年同學會當晚，平時公務纏身的葉金川（上）、林芳郁（中）、楊哲民（下）難得放輕鬆，在同學鼓譟下，擺起大力士的姿勢。
（照片提供／董氏基金會．攝影／許文星）

2005.7.16，台大醫學系第二屆同學合影於畢業30週年晚會上。左起：陳快樂女兒、陳快樂、方昆敏、鄧世雄、侯勝茂、劉秀雯、鄒國英、江漢聲。
（照片提供／董氏基金會．攝影／許文星）

2005.7.17，畢業30週年同學會第二天，台大醫學系第二屆同學及家屬於烏來內洞瀑布前合影。（照片提供／董氏基金會．攝影／許文星）

那是塞凡提斯寫的唐吉柯德的故事，描述唐吉柯德有一個理想就去奮鬥，旁人覺得他是瘋子，在做傻子的事情，可是，唐吉柯德仍然不願意放棄去改變不可能改變的事實，最後，那些反對的人反而都被唐吉柯德感動。這個理想主義的故事，某個角度也代表這一班的精神，而當中的每個人，不但正在寫自己生命中的史詩，也正在寫歷史，正在寫這個社會、國家的歷史吧！

PART 2

陽光，在這一班

風雲際會

43 邱浩彰

神經科的疾病經常不易痊癒，病情能不能控制並獲得改善，和病人的情緒、信心息息相關。要保持陽光形象，病人才會信服。

學歷◆台灣大學醫學院醫學系醫學士
經歷◆台大醫學院神經科副教授、台大醫院神經部主治醫師
現任◆輔大醫學系副主任、輔大醫學系教授、新光醫院教育研究副院長
專長◆神經科
興趣◆繪畫、音樂、游泳

上圖：2005年，與妻同遊冬季戀歌景點——輕井澤。（照片提供／邱浩彰）

下圖：大三，大霸尖山頂3505M。（谷文璋、黃瑞雄、李玉雲、邱宸玉、葉金川、林季珍、邱浩彰）（照片提供／邱浩彰）

對大腦功能好奇而投入神經科

醫生這個行業，每天接觸的就是病人，尤其是我從事的神經科，有很多疾病完全痊癒的機會非常渺茫，可想而知，病人的心理負擔非常大，這時候，身為醫生，就要表現很陽光的樣子，才能當病人的典範，引導他們走出陰霾，重新建立光明的人生。

我之所以投入神經科，還特別著重肌無力症，除了興趣之外，也是因緣際會。在醫學院七年級要選科時，我就對於神經科和精神科很有興趣，對於大腦的功能充滿好奇，像是人到底怎樣思考、到底怎樣做哪些事……。後來我發現精神科常常要看精神分裂症的病人，那是我不喜歡的部分，所以，後來就著重在神經科領域，特別是大腦高級功能的部分。

在神經科的門診中，很多同仁不喜歡看肌無力患者，因為這類病人病情反覆無常，相當麻煩，很有可能終其一生不定時要去煩醫生。我想，大家不想看，那我就接下來看，想不到後來和患者打成一片，甚至組成病友團體，從看肌無力症，到組肌無力症俱樂部，這些病友還在二〇〇四年向內政部登記為正式社團「中華民國肌無力症關懷協會」，真可說是無心插柳柳成蔭。

病人帶來的啓發

不同的疾病有不同的特質，肌無力患者的人格特質之一是「要求完美」、「一板一眼」，

還有情緒不穩定，因而使得病情不穩定。要有效幫助患者，除了醫生給予的專業醫療之外，病友團體的互相支持和鼓勵也很重要。

病友團體的構想也是病人給我的啓發。當我還在台大醫院時，有一次接到一位到美國留學的病人寫給我的謝卡，謝謝我照顧他的病情，在卡片中提及他回來門診看我的時候，碰巧看到一位小妹妹跟我爭執不休的情景，他說：「從小妹妹身上看到當年的我，也是這樣。」讀到這段話時，我靈光一動，覺得病人應該可以幫助剛得病的病人，因為由醫生跟病人說，病人難免會認為：「你又不是病人，豈會了解我的痛苦？」如果由老病人的經驗來跟新病人解說，就較有說服力，新病人也較能接受。

剛開始只是在門診時，幾個病人互相聊一聊，後來因為效果不錯，就發展成今天有規模的病友關懷團體。

不只是患者從病友團體得到幫助，連我們醫生也學到不少經驗，因為我們只是紙上談兵，病人才是實際經歷與疾病奮鬥的人。所以，我們跟病人一起努力，看要怎麼做才能對病情有幫助。醫生和病友還一起嘗試走出去旅遊，從陽明山半日遊開始，後來就到需要過夜的宜蘭北關農場、日月潭、花蓮……，愈辦愈有信心。

保持陽光形象，病人才會信服

在我從事醫療工作的過程，我覺得神經科的疾病經常不易痊癒，看不到未來，病情能不能控制並獲得改善，和病人的情緒、信心都息息相關。這時候醫生表現出來的形象很重要，也就是說，如果我們看起來很年輕、充滿活力，病人對我們也比較有信心。至於保持活力的方法是：1.保持心情愉快；2.視工作為一種享受而不是耗損；3.建立運動習慣，以能保持體力。

此外，我覺得心情愉快的重要原因之一是我不喜歡計較，如果一件事很多人搶著做，我不大會跟大家搶成一團；如果別人把事情推到我身上，以正向的心情，我就去做，並且盡力做到最好。在我的經驗裡，很多事別人不願意做，我撿起來做，最後常常也做出一片天。我從事肌無力症治療就是最好的例子。我不愛計較的個性，讓我常常保持心情愉快。而這也是看起來年輕、有活力最重要的因素。身為醫生，即使年過半百了，還是要保持陽光形象，病人才會信服。

（採訪整理・林淑蓉）

聖誕佳節全家同樂，2004年。
（照片提供／邱浩彰）

輔大醫學院——這一班的第二春

大三，新公園PBL教學大體解剖。（江漢聲、谷文璋、邱浩彰、彭衍煅、何德宜、黃綠玉、劉淑智）（照片提供／邱浩彰）

兩年前應同學鄧世雄（現為耕莘醫院副院長兼耕莘醫院永和分院院長）與鄒國英（現為輔仁大學醫學系主任）之邀共進晚餐，討論輔仁大學醫學院教學的事宜，當晚相談甚歡，結束時鄒國英還對我說：「好像我們同學七年中，所講的話沒有今晚多。」

首先投入的是鄧世雄，他在耕莘醫院籌辦了輔大的醫學院和醫學系，隨後找了鄒國英當醫學系主任，江漢聲接手輔仁大學醫學院院長。由於新光醫院與輔大醫學院建教合作，我與駱惠銘也重回大學，接任專任教職。在江漢聲的邀請下，同學陸續加入，在「我們這一班」可說是「第二春」，對我來說已是「第三春」——台大→新光→輔大。

同學的後代有考上輔大醫學系的，該系以PBL（問題導向學習）著稱，鄒國英的努力及堅持，讓輔大的PBL稱霸台灣。

二〇〇五年，醫學系的學生加入臨床實習，需要更多老師，也促使我們班更多人加入。陳瑞雄、沈博文、謝德生、林敏雄相繼成為輔大的老師，葉金川、張天鈞也應邀分別指導醫學倫理、人文醫學的課程，如今這一班又主導輔大醫學系的成敗，醫學院長、醫學系主任、副主任、到專、兼任老師，連在美國的同學何德宜也先預約，退休後要來輔大當病理科的老師。

幾年前，曾在法醫訓練營遇到林芳郁，當時曾與他商討到輔大任教之事，他要我們去「卡位」，他留台大，如今美夢成真，他成了台大醫院的院長，而我們也接下輔大育才的重擔，希望同學們能加入這陣容，讓輔大醫學院「以我們這一班為榮」！

（文．邱浩彰）

49 葉金川

從衛生政策規劃到推動健保、到投身公益，堅持生命是一個個夢想的實現，多做一些事，只會贏，沒什麼好輸的。

學歷◆台灣大學醫學院醫學系醫學士。美國哈佛大學公衛學院流行病學碩士、台大公共衛生研究所碩士

經歷◆行政院衛生署醫政處處長、行政院衛生署技監、行政院衛生署副署長、中央健康保險局籌備處處長、中央健康保險局總經理、台北市政府衛生局局長、慈濟大學公共衛生學系教授、佛教慈濟慈善事業基金會志業中心醫療志業發展處顧問、慈濟骨髓幹細胞醫學中心主任、台北仁濟院院長、財團法人董氏基金會執行長、台北市副市長

興趣◆慢跑、爬山、騎腳踏車、划獨木舟

上圖：2005.8.8父親節，太太張媚及三個小孩人豪、人傑和天鈞陪同葉金川登頂玉山。

（照片提供／葉金川）

下圖：2006.5.8，葉金川（中）在競選台北市長募款茶會上，漫畫家劉興欽為他站台（左）合照。

（攝影／許文星）

公共衛生生涯的累積

在人生的前半場，我很幸運有幾位很好的典範，領我體驗了多彩的生活。

第一位是台大公共衛生研究所陳拱北教授，他是我們醫學系的老師。我跟著他去宜蘭縣大同鄉做醫療服務，那是難忘的經驗。他說：「做公共衛生的人，就是要為人民服務。」所以，我聽他的話，離開台大，從事公共衛生去了。

其次是許子秋，他是我工作的老師，我在哈佛進修時，他找我回衛生署當醫政處副處長。我曾與聯合報記者林靜靜合作出版一本《壯志與堅持》，書中描述的正是許子秋的故事。

為了讓更多人看到這些堅守崗位者執

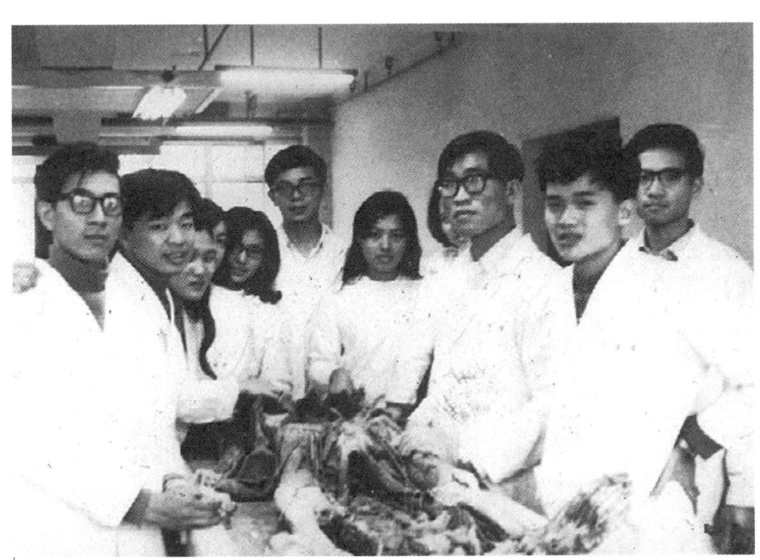

1970.12.17，醫學系三年級，上大體解剖課，第五組全體同學攝於實習室。左起：謝德生、陳淳、女生部分皆為復健系女同學、楊禎雄、陳明豐、葉金川、柯滄銘。
（照片提供／葉金川）

著的精神，更勇於築夢，在千禧年，我再與民生報記者李淑娟，出了一本《台灣公共衛生紀實》，記錄台灣過去五十年十項最重要的公共衛生工作，例如：B肝防治和全民健保的故事。

大家都可以選擇自己的生涯，我選擇公共衛生，受命開辦全民健保。當時，我還是個小伙子，現在年紀大了，對全民健保的感受更不一樣了。我也把全民健保的故事寫出來，書名叫做《全民健保傳奇》。

全民健保的開辦，本身就是一個傳奇的故事。賴美淑同學（健保局第二任總經理）在我被K得滿頭包的時候，接掌全民健保，我們都在崗位上全力以赴。

離開公職後，我追隨董氏基金會的創辦人嚴道先生從事反菸活動。董氏基金會是一個公益團體，以反菸著名。我把基金會對抗國際菸草公司的歷史做一個紀錄，《菸草戰爭》一書的出版，就是一頁台灣反菸運動的歷史。

在董氏基金會執行長任內，我同時在慈濟服務。那時，慈濟的骨髓中心行政作業出了點問題，被壹週刊報導為「見死不救」，我路見不平，拔刀相助，擔任骨髓中心的主任，現在骨髓中心順利運作，每年可救回二〇〇個原本可能往生的生命。SARS襲台期間，我也運用所學，擔任救火隊員，到和平醫院救援。

後來，我到仁濟院當院長，仁濟院除了所屬仁濟醫院外，還有很多機構，它是財團法人的性質，我擔任院長，比較像執行長。仁濟院所屬機構中有一個是安老所，仁濟安老所的規模，目前無法與耕莘體系的安養機構相比，不過，我想未來可以做得更好。

夢想的實現，享受不同的生活體驗

2004.10，接受《大家健康雜誌》專訪，攝於花蓮鯉魚潭。
（照片提供／大家健康雜誌，攝影／豆照勳）

過去的，是美好的回憶，然而，未來更重要。我為未來寫了「九十九件必須做的事」，當然我也在思考「我們現在有什麼優勢」、「可以做什麼」？

以我們的年齡，已經失掉了一些優勢，體力、智力或學

2005.10，葉金川參加「澎湖國際馬拉松」。（攝影／許文星）

習能力已經下降，但是有歷練、經驗、財力，也擁有無形的資產與無形的智慧。更具有優勢的是，沒什麼好計較輸贏的了！現在多做一些事，只會贏，沒什麼好輸的，只會多留下一些值得驕傲、值得回憶的事。

到底我想做些什麼？先說一些輕鬆的。我喜歡騎腳踏車，我有一個夢，就是完成全國的腳踏車道路網。騎腳踏車是一個環保的運動，不會污染環境。目前台北市大概有一百公里的腳踏車道網，我的夢想是，花蓮至少有二百公里，全國有一千公里以上的腳踏車道。

我的另一個夢是從花蓮的七星潭划獨木舟，去看看被稱為「Formosa」的那片清水斷崖，可以從花蓮七星潭這端繞過去，到達和平港。

我現在每年還要求自己跑一次全程馬拉松，參加一次鐵人三項（游泳一．五公里、腳踏車四十公里、慢跑十公里），六十歲前要攀登完台灣三千公尺以上的百岳。此外，我想嘗試飛行傘、高空彈跳，最好能在七十歲時，像老布希一樣參加跳傘活動。我建議大家把身體練好，多多享受不同的生活體驗。

五十五歲了，任何事想到就應該去做，有些是好玩的，有些是正經的。我夢想，我們社會，有一天，不再分裂對立，仇恨暴戾。我們的下一代都能被教育成陽光利他的社會公民。我們國家有一天能在世界村扮演積極貢獻的角色。這些夢，很遠也很難，但是總有人要去實現它，否則我們子孫還有未來嗎？

我以我們優秀的同學為榮，每位同學都用心在寫自己的人生故事。已經過去的，應該是一篇篇生命的史詩，未來的人生，仍然可以是一個個夢想的實現。

（整理．蔡睿縈、吳珮嘉）

50 陳明豐

從看診經驗中發現病人不一定是身體有病，而是心理壓力大或是勞累，所以即使忙碌，都盡量調適自己，追求「忙而不煩的自在」。

學歷◆台灣大學醫學院醫學系醫學士、台灣大學醫學院臨床醫研所博士、台灣大學管理學院財務金融研究所高階經理人管理碩士（EMBA）

經歷◆台大醫院醫務秘書、台灣內科醫學會秘書長、台大醫學院內科副教授、美國華盛頓特區喬治城大學醫學中心研究、中沙醫療團駐霍埠總醫院主治醫師

現任◆台大醫學院內科教授、台大醫院內科部主治醫師、台大醫院副院長、台灣內科醫學會理事長

專長◆內科學、心臟學、高血壓治療、高脂血症處置、急性心肌梗塞治療、冠狀動脈心臟病治療

興趣◆爬山、打球、慢跑

上圖：大學畢業時同學照，左起：潘安然、陳瑞堅、陳明豐、鄭詩峰、蘇寬文、江漢聲、楊哲民；右後方建築物為圖書館；左後方為學生宿舍。（照片提供／陳明豐）

下圖：陳明豐全家合影於台大管理學院。（照片提供／陳明豐）

行政職務的挑戰

行政工作需要花很多時間，但也讓我看到很多醫療專業看不到的事情，對人生的歷練，應該是有正面意義。例如採購東西，以前常常只注重本身的立場，會堅持要某種規格，不管怎樣都要買。現在採購時，會從醫院整體的觀點來看，需不需要這麼好的規格？採買的時候會不會有問題？如果沒辦法克服這些問題，有沒有替代方案？

教學研究也是類似的情況，現在會從行政的角度去思考如何使教學研究做得更好。因此，行政作業的方向是思考醫院的核心價值、經營理念，在流程上達到品質效率的改進。醫療專業的部分尊重醫療需求，行政上沒有辦法配合時，就讓行政與專業做調和，以醫院的發展來協調各科部，進行溝通。

由於行政工作繁忙，現在臨床難免沒那麼多時間，這是不得不的遷就。不過，除了醫院的事以外，我也希望做一些其他的事，調和身心，例如：重新出版心臟病有關的書籍，讓更多民眾能以淺顯易懂的文字了解更多醫療知識，這是我覺得對民眾很重要的事。

EMBA訓練與實踐

醫學是一個很專門的東西，因為太專門，就變得很狹窄，唸EMBA是自己覺得蠻有興趣的。以前看事情只從醫學一個角度去看，唸EMBA以後，覺得多了更多視角。例如：別的行

業開始作組織管理與流程改造，醫院其實也需要這些知識與做法，雖然不是唸了EMBA就什麼都會，但實際看到別的行業怎樣去運用，的確可以學到很多知識，想要去推動的時候，也比較知道從哪裡搜尋資料。

幾年前台大醫院的健康檢查服務落後市場水準甚多，沒有辦法達到顧客的需求。EMBA畢業之後，我奉命籌設新的健康管理中心，正好運用所學來規劃，從硬體、軟體、人員招募、流程動線，規劃設計完全以不同的營運模式重新開始。我也要求同仁的服務要有品質、有效率，顧客才會感覺被尊重，才會信任我們，而醫療相關的行業最重要的就是顧客的信心和信任，因此，應該轉換觀念，不要把顧客當作病人，所以我們做了接待服務的訓練，也很注重同仁的服務內涵，讓顧客覺得整個檢查運作是以顧客為中心的舒適流程；更重要的是檢查後續的解說服務和診療轉介，一方面讓所有在健康管理中心服務的同仁認同在這裡的工作模式，一方面讓顧客相信我們是真的這樣負責的在做。我們打造了一個優雅的環境，不論軟體、硬體都很有品質，讓人感覺很舒適流暢，目前顧客反應很好。這算是對EMBA的一點回饋吧！

對醫院的展望

台大醫院歷史悠久，有其優缺點，以前存在的習慣、做事的方式，面對快速變化的環

1992年，與邵婉如同學及家人同遊紐約愛麗絲島。（照片提供／陳明豐）

境，不一定能符合現況需求，這些都需要改變。但改變也不是說改就改，如何拿捏相當重要，而醫院在改革的過程中也要有所堅持，核心價值必須維持。例如：醫院最重要的是「品質」和「病人安全維護」，包括醫療專業品質，及顧客接待服務品質都必須講究。因此，必須加強所有人員的教育訓練，從最基層的員工到醫師，都要讓顧客覺得滿意。可以改變的地方當然要改，但如何去改變？會牽涉很多的運作，不只是學問而已。

家人互動

我很忙碌，不可能所有事情都親自做，所以絕不會事必躬親，常放手給其他人，在適當的時候督導就可以。在家裡也

慢跑是陳明豐的嗜好之一，慢跑以後，他覺得心情輕鬆，體力更好。（照片提供／陳明豐）

是一樣，我從年輕的時候就很忙，週六、週日經常不在家，而是在醫院、研究室，因此家事都交給太太全權處理。

太太以前從事護理工作，幾年前才開始學電腦，我很佩服她的學習力，她現在已經很廣泛的運用電腦，因此，她每天也很忙碌，忙著整理我們的照片，重新編輯圖片，運用電腦做各種事情，十分厲害，一點都不會無聊。

現在小孩都不在身邊，有點遺憾沒法彌補以前的家庭生活和親情，覺得實在有愧於他們，但我覺得跟小孩的相處也一樣，必須要信任、鼓勵他們，也要尊重小孩的興趣。我有自己的興趣，但是身為父親，我也去學小孩的興趣，特別去注意籃球、NBA、棒球，找他們喜歡的話題，有一些共同的娛樂或興趣，應該會讓親子的關係更親密。

忙而不煩的境界

現代人壓力很大，看診的時候常發現，病人來看醫師，其實並不一定是身體有病，而是心理壓力大或是勞累，造成身體的不舒服。面對壓力時，每個人都需要一套應對方式，有些人會唱歌、打球、散步。我沒有特別的偏好，爬山、打球、慢跑都是我喜歡的事。我覺得心理調適對生理健康非常重要，只要心理能調適好，身體大致上就會比較舒服。調適身心，任何休閒方式都可以，最怕是處在很忙又很煩的情況。所以在忙碌的生活中，我盡量調適自己，重視心理上的健康，不鑽牛角尖，期許自己做到「忙而不煩」的境界，心情就會更開朗。

（採訪整理・曾鈺珺）

64 李素慧

專業上，因為想回饋家鄉，選擇自行開業，希望去除民眾對於基層診所醫療水準不高的印象。生活上，參與很多社團活動與學習，積極領略豐富人生。

學歷◆台灣大學醫學院醫學系醫學士，台灣大學管理學院國際企業所碩士

經歷◆台大醫院內科主治醫師、台北國泰綜合醫院及新光醫院腎臟科主任

現任◆仁暉診所院長、台北醫學大學副教授、國際崇她社台灣北區總監、台灣基層透析協會理事長、台灣腎臟學會理事、台大EMBA基金會董事、中央健保局洗腎總額執行委員會委員

專長◆醫療與管理

興趣◆爬山、賞花

上圖：2002年，李素慧（右）自台灣大學管理學院柯承恩院長手中領取EMBA畢業證書。
（照片提供／李素慧）

下圖：2004年6月，李素慧全家到美國黃石公園旅遊。左起，後排：婆婆、李素慧、媽媽；前排：黃天祥、黃士怡、黃士芬、黃士芳、黃士軒。
（照片提供／李素慧）

因緣際會選擇腎臟專科

還記得大一剛開始在台大校本部上課，課都唸不太會，也唸不太懂，心裡很著急，還好到了醫學院以後，就比較得心應手。大四的時候臨床表現不錯，選擇了內科，但老師說洗腎的部分需要人手，就走進這個領域。剛開始還沒有分專科，技術也不純熟，很多人沒錢洗腎，能夠洗腎的病人很多也會面臨洗腎感染而死亡的問題，但我們一步步地改善洗腎的醫療水準，也到UCLA加州大學洛杉機分校醫學院附設醫院擔任腎臟科研究員，學習新的技術。我陸續在國泰醫院與新光醫院服務，擔任腎臟科主任的職務，後來覺得在大醫院服務，教學、服務、研究都要並重，對醫院的管理有些疑問，加上小孩到國外唸書也需要經濟支援，就決定在八十七年自行開業。

我是蘆洲人，也是蘆洲李宅的後代，一直很想回饋台北縣的民眾，提升基層診所的水準，所以選擇在三重開業，不過我的病人都是靠口耳相傳而來，除了來自台北縣市，也有遠從高雄、澎湖來的病人。有些人認為到腎臟科就醫等於要開始洗腎，其實站在醫師的立場，我更希望腎臟病人接受治療後，可以避免日後需要長期洗腎的情況。

身為基層診所的醫師，一直希望能提升基層腎臟科診所的水準，去除民眾普遍對於基層診所醫療水準不高的印象，所以也在九十二年成立台灣基層透析協會，擔任理事長一職，目

前也還在台大醫院內科兼任主治醫師。雖然我在基層診所，但在專業領域也做得不錯，希望病人都能回復正常的生活。而我自己在專業之外的生活也很多采多姿，每天都很高與地過日子。

多采繽紛的生活

有些女醫師會把心力放在家庭，而我選擇把大部分的時間都留給自己與事業，也參與很多社團活動。曾因為社團需要晚會表演節目，前後總共花了一年的時間跟前衛生署長許子秋的夫人——許翁淑治學夏威夷舞，才學了半年就上台表演，但是跟其他上台表演的社員都留下深刻的印象，民國八十九～九十年擔任國際崇她社的社長，也舉辦了國際會議與交流活動。

1997年，李素慧（右一）跟前衛生署長許子秋的夫人——許翁淑治（右二）學夏威夷舞，在「國際崇她社」晚會上表演。（照片提供／李素慧）

民國九十年參加台大進修推廣部的醫院管理人力資源開發學分班之後，開始對醫院管理產生濃厚的興趣，後來決定去報考台大EMBA，開啓另一頁的學習之旅，也讓我的人生更豐富。

EMBA的同學們都是大老闆、總經理，他們有很多管理的實務經驗；但是對我而言，EMBA的課程卻都是陌生的，老師也很仁慈地表示，要我盡力準備就好。我記得第一次月考的時候，拚命死背了所有財務、金融、會計的重點，買了原文書拚命讀，月考成績出來，考了六十九分，很高興地去跟老師報告，沒想到六十九分在碩士班還是不及格。但我還是很認真地唸，寫碩士論文的那段時間，還一度因為太勞累，量血壓的時候數值居然高到220/120 mm/hg，剛開始還以為是醫院的血壓計壞了，要廠商拿回去修理。雖然過程很辛苦，最後我還是完成了EMBA的課程，順利畢業。

唸完EMBA帶給我很大的改變，自己的生活變得更充實，也很快樂。我的同學除了企

2000～2001年，李素慧（右）擔任「國際崇她社」社長，舉辦多起國際會議與交流活動。（照片提供／李素慧）

業界、金融界，甚至也有國防部的司令。民國九十一年我就應同學的邀請，參加了領導策略模擬課程，有一個星期的時間都穿著軍服，住在軍營裡面，學習射擊、偽裝、作戰策略的課程，這也是我從來沒接觸過的領域，讓我感覺非常興奮。

EMBA的同學去年也找我去報名凱達格蘭學校第三期的「女性公共事務領導班」，以前對憲法、台灣歷史、性別、兩岸關係這些議題都很陌生，上了這些課程，好好地了解這些內容之後，也開始關心這些有趣的議題。

除了診所、醫院的專業工作，各種不同的學習機會，也讓我能夠參加各種不同團體的聚會，也時常跟朋友到各地旅遊，我十分享受這種充實豐富的生活，也希望能與大家分享我在醫學領域之外的種種收穫。

（採訪整理・曾鈺珺）

李素慧

積　極　領　略　豐　富　人　生

73 鄧世雄

從香港隻身來到沒半個親友的台灣，因「愛」的信仰，引領了自己從醫的一生。持續落實醫療傳愛的理念，專業也從放射線科拓展到老人長期照護。

學歷◆台灣大學醫學院醫學系醫學士

經歷◆台大醫院放射線科總醫師、兼任主治醫師，耕莘醫院放射線科主任、醫務部主任，天主教康泰醫療教育基金會創會董事長，美國UCLA醫學中心訪視助理教授

現任◆耕莘醫院副院長兼耕莘醫院永和分院院長、天主教失智老人基金會執行長、輔仁大學醫學院講師、台灣大學醫學院兼任講師

專長◆放射線科、醫院管理、老人長期照護

興趣◆足球、音樂、交朋友

上圖：2003年，大兒子耀華結婚，全家福合照，前排左起：岳母、母親、太太。（照片提供／鄧世雄）

下圖：與台北縣八里愛維重殘養護中心院民歡度聖誕。（照片提供／鄧世雄）

畢業三十年，回想每一天都充滿挑戰，但卻是喜悅的。「人生不只是為自己而活，也是為社會而活」，這句至理名言，將伴我終身。

無心插柳柳成蔭——隻身到台灣求學

民國五十七年，因中學同學的隨興建議，報考台灣大學醫學系，豈料無心插柳柳成蔭，在長輩的鼓勵下，放棄已考取的香港中文大學「數學系」，不滿二十歲的我，隻身從香港來到沒半個親友的台灣，選讀了從未在腦海中出現過的「醫學系」！

我生長於十口的傳統大家庭，家境時好時壞，體會過貧苦的生活。就讀中學二年級時，受感召受洗，成為天主教徒。沒什麼學歷的父母親，從小即不太干預我生活的安排，也就養成了我獨立自主的能力。學校有兩個小型足球場，足球成為我最愛的運動。神父老師教學嚴謹，恩威並用，也讓我扎下良好的文理根基。

帶著父母和師長的祝福來到台灣，我一一克服異鄉生活的困難，開展了充實燦爛的大學生活。在優良學風下，海內外菁英彼此切磋，使我養成主動積極的習慣，順利完成學業，且於三年級時，僥倖獲得「書卷獎」的殊榮。

學業以外，足球成為我鍛鍊身體的好工具，也是抒壓和消除鄉愁的好處方。大一時加入足球隊，即贏得台灣醫學院盃冠軍，並於大三代表學校赴日本交流比賽，使我在結交朋友和

建立人際關係上獲得不少經驗。

大二時，與同樣來自香港的同班同學楊光榮、雷德、丘子宏等四人組成VIRUS民謠合唱團，更可說是人生中意想不到的美妙插曲。在光榮用心策劃下，我們不求個人表現，但求和聲和諧有韻味。VIRUS不僅比賽獲獎，更成為當時校園民謠的主要合唱團之一，並屢獲電視台邀請演唱。VIRUS不但使原本嚴肅緊張的醫學生生活平添多姿的彩虹，也使我得到許多面對群眾不怯場的磨練機會。同時從如何唱好一首多部和聲的歌曲，體會到「失敗、檢討、調整、再來」和「真誠無私的合作」是做好任何事的必要條件和態度。

大學時，與同學組VIRUS合唱團，左起：鄧世雄、楊光榮、雷德、丘子宏。（照片提供／鄧世雄）

信仰引領從醫的一生

大學時，天主教的信仰，讓我思考人生的意義和目的，及當一位天主教醫師應有的責任和使命。有幸從大一開始，即加入台大醫學院天主教同學會，在這裡，我學習到如何扮演好團隊的一份子；擔任會長也讓我有機會學習如何帶領好團隊，體會到什麼是「愛的團體」；更讓我省悟耶穌在聖經中提示的「你對我最小兄弟所做的，就是對我做」和「施比受更美」的「愛」的真諦。天主是「愛」的信仰，影響了我從醫的一生。在這裡，天賜良緣，我也認識了唸台大政治系的小學妹劉湘齡，我們於民國六十四年畢業，畢業不到半年，便結婚共組甜蜜家庭。

畢業後，我選擇台大醫院放射線科，在第三年住院醫師時，在天主教耶穌會支持下，與鄒國英、黃冠球同學，和幾位信奉天主教的台大醫護人員，共同成立「天主教康泰醫療教育基金會」，抱持「別人不做，我們來做，別人不敢做，我們去做」的理念，希望為社會做一些有意義的醫療工作。當時我們這群社會新鮮人，饒富理想，經濟能力卻不夠，出錢出力外，更要到處募款。我當了十八年董事長，不論是對內溝通，對外找錢，還是業務開發和推行，全都要懂，讓我成長很多，獲益匪淺。

康泰率先推動成立的幼年型糖尿病聯誼會、乳癌病友

大學時，天主教醫學院同學會春令營，右後：鄧世雄，前左：鄒國英。（照片提供／鄧世雄）

1997.4.12，鄧世雄（右）代表天主教康泰醫療教育基金會獲頒第七屆醫療奉獻獎團體獎。
（照片提供／鄧世雄）

之「少奶奶俱樂部」、失智症家屬支持團體、安寧療護之宣導與教育推廣、創傷後哀傷輔導等的服務，讓康泰獲得第七屆醫療奉獻獎團體獎。

在台大醫院做完總醫師後，我轉任耕莘醫院當放射線科主任，後升任醫務部主任，直到現在的新店總院副院長和永和分院院長職務，在康泰學到的能力，讓我在職場上更得心應手，決策時比較敢做社會有需要，但一般醫院不願做的不賺錢服務。

老人長期照護成為第二個專業

放射線科是我的專業，民國七十六年曾在美國UCLA進修一年，雖榮幸獲邀留任UCLA放射線科專任主治醫師，仍決定留在耕莘醫院。後因擔任管理職務，只好放棄放射科臨床工作。近十幾年來，更全心投入較被忽視的老人和身心障礙的長期照護服務。

民國八十一年耕莘醫院成立台灣第一家護理之家，陸續受政府委託，承辦台北縣愛德、愛維重殘養護中心、內政部北區老人自費安養中心、北區老人諮詢中心、台北市至善老人安養護中心、朱崙老人公寓等。民國八十七年成立天主教失智老人基金會，九十年開辦聖若瑟失智老人養護中心及日間照護中心，率先推動失智症之宣導教育和照護服務，此外，也開辦了獨居老人送餐和居家服務等業務。至此，老人長期照護似乎悄悄地成為我從醫的第二個專業，永和分院也成為台灣推動長期照護工作最完整的醫院。民國九十年與香港老人醫學會，共同發起籌組成立世界華人老人長期照護協會，並分別於香港、台北、上海舉辦了三屆世界華人長期照護研討會。

畢業三十年，回想每一天都充滿挑戰，但卻是喜悅的，憑著以誠待人和實事求是的態度，只要是對的事，就全力往前衝。德不孤，必有鄰，尤其是可落實「醫療傳愛」的理念，在強調「愛」的耕莘大家庭裡做事，內心既感激又感恩。

在這一生，除了家人給我最大的溫暖和支持外，同學、朋友、師長和團體也給我莫大的協助和鼓勵，讓我增加能力與知識，也豐富生活。「人生不只是為自己而活，也是為社會而活」，這句至理名言，將伴我終身。

（採訪整理・林淑蓉）

80 陳快樂

在當精神科醫師會被人取笑的年代，還是選讀精神科，希望未來成立「精神衛生局」，讓每個人都像自己的名字一樣「快樂」！

學歷◆台灣大學醫學院醫學系醫學士、哈佛大學公共衛生系碩士、約翰霍普金斯大學衛生政策學系碩士

經歷◆台大醫院精神科住院醫師、長庚醫院精神科主治醫師、台灣省立桃園療養院兒童精神科主任、台灣省立桃園療養院八里分院分院長、台灣省立八里療養院院長、衛生署草屯療養院院長、衛生署南投心理衛生中心執行長

現任◆衛生署八里療養院院長、桃園療養院兼任院長、台灣兒童青少年精神醫學會理事長、台灣精神醫學會常務理事、台灣醫院協會監事、衛生署精神疾病審議委員會會員

專長◆精神醫療、醫院管理

興趣◆旅遊、攝影

上圖：2004.1.5，草屯療養院門診整修完畢，陳快樂（中）與鄭若瑟副院長、鍾秘書在草療服務台前合影。
（照片提供／陳快樂）

下圖：2004年過年時，陳快樂（右）與父母親及弟弟在馬來西亞的家門口合影。
（照片提供／陳快樂）

一九六八年入台大醫學系，班上人好多，花了很長時間才認得大家，大家互相幫忙，包括畢業後選科也是互相協調。我選了神經精神科，與我一同進入的有李克怡、徐崇瑛同學。（徐同學已於二〇〇三年過世，令人懷念）。

選擇「乏人問津」的醫療領域，幫助更多人

剛開始執業當醫生時，總有人問我為何要當精神科醫師？的確，別人會這麼問不是沒有原因的，記得一九七五年，大學剛畢業時，全國精神科醫師還不到一百位，甚至比我們班的畢業生人數還要少，可說是個「乏人問津」的醫療領域。在那個年代，當精神科醫師會被人取笑。台灣精神醫療品質差，病人得不到該得的照顧，對我來說當精神科醫師是一種挑戰，可以幫助更多病人。

在台大醫院當了四年住院醫師，接受許多老師的指導，期間影響我最深遠的老師，就是陳珠璋主任。一輩子投身精神醫療的他，以身作則，教導我要用心照顧每位病人、認真做好每一件事、真誠的對待每個人。

人生的奇妙際遇

結束住院醫師生涯後，我到長庚醫院當了六年的主治醫師。一九八五年，當知道陳珠璋主任到只有三名主治醫師的桃園療養院擔任院長時，我毅然放棄長庚的高薪到桃療，協助陳

2004年9月，草屯療養院及南投心理衛生中心辦理921五週年研討會，與當時衛生署長陳建仁及中心同仁於省資料館前合影，前排右二為陳快樂。（照片提供／陳快樂）

教授。這是我這一生最佳的選擇，最大的轉折。當兒童精神科主任兼北區醫療網負責人，充實了我的行政經驗。一九八九年還申請到衛生署獎助金，在林信男院長之首肯下，至哈佛大學醫療政策管理系修公共衛生碩士，奠定公共衛生及醫院管理的基礎。

一九九〇年回國後，在胡海國院長的推薦下，擔任桃園療養院八里分院分院長，開始投入分院的成立工作。這段經歷對我來說是個難忘的回憶，人員從零開始，而八里分院的硬體建築自一九八三年台北縣政府完工後，就一直荒廢在原地，已不堪使用，外頭更是雜草叢生，一切得重新開始。

八里分院位在觀音山上，到醫院之前要經過許多「夜總會」。開始幾年，招不到護士、工友，多由桃療轉任。後來與台大醫院建教合作，才招到住院醫師。經歷幾年，在全院同仁努力下，當初宛如廢墟的八里分院，於一九九九年升格為台灣省立八里療養院，且成為精神科專科教學醫院。

二〇〇〇年四月，我被調到衛生署草屯療養院，九二一地震發生後，我與同仁帶著七百名病友逃難暫遷至嘉南三週。回草療後，同仁發奮要提升草療的知名度，去療養院之名。在草療六年，鄭若瑟副院長、鍾秘書、各科室主任，同仁非常努力提升服務品質，草療每年

2006.1.17，衛生署長侯勝茂（右七）與衛生署醫院管理委員會執行長林水龍（右六）視察桃園療養院，與陳快樂（左五）合影。（照片提供／陳快樂）

喜愛旅行的陳快樂攝於捷克。（照片提供／陳快樂）

得獎，並於二〇〇五年獲國家品質獎。

二〇〇五年七月，被派回八里療養院，兼任桃園療養院院長。回到二十年前服務的桃療及曾經投入心血的八里療養院，許多以前的同事仍在崗位上，人生際遇真的很奇妙。

心存感恩，人如其名

在精神科領域工作三十年，在政府重視精神醫療之下，精神科醫師已增至一千二百人，醫療團隊人員也增加，服務品質進步。我有一個願望，希望近年內能有「精神衛生局」，政府與社會可以更重視大眾的精神健康，讓每個人都可以活得身心快樂。

許多人問我為何取名「快樂」，原因很簡單，患有先天性心臟病的我，一出生就被醫生判定活不久，母親為此幫我取名為快樂，希望我活得快樂。或許真是「人如其名」，後來的我，不但存活下來，還每天樂在工作。一路走來，接受許多人的幫助，這一切我都心存感恩，在此謝謝我的家人及有緣相處的老師、朋友、同仁們。

（採訪整理・羅智華）

91 林水龍

踏入醫療行政系統後，總是在做「前人種樹」的工作，仍堅持用專業的角度進行改革，重拾民眾對醫院的信任。

學歷◆台灣大學醫學院醫學系醫學士、美國約翰霍浦金斯醫院研究員、美國夏威夷大學醫院管理研究所

經歷◆省立桃園醫院副院長、省立朴子醫院院長、台大醫學院兼任副教授、中華醫事學院兼任教授

現任◆衛生署醫院管理委員會執行長、衛生署南區醫院聯盟管理委員會主任委員、行政院衛生署嘉義醫院院長

專長◆乳房外科、消化系外科、一般外科

得獎◆一九九九年榮獲台南市傑出鳳凰府城人十大傑出公務人員獎、二〇〇〇年榮獲行政院服務品質獎、孫運璿學術基金會評選為傑出公務人員、二〇〇三年榮獲行政院經建會法制再造業務改造組（金斧獎），跨機關合作組（銀斧獎）、二〇〇四年獲行政院—徵求民間參與醫療合作ROT案（績效卓著獎）

興趣◆打籃球、旅遊、下棋、音樂欣賞、電影欣賞

上圖：2003年11月，參加金斧獎頒獎典禮，右二為林水龍。（照片提供／林水龍）

下圖：1998年全家福，左起：二兒子林祐廷、林水龍、小女兒林芳宇、妻江慧玲、大兒子林昱廷。（照片提供／林水龍）

人生中峰迴路轉的挑戰

踏出校門從臨床醫師到主掌醫院院長職務，忽忽已數十載，回想這一路走來的林林總總，堪稱點滴在心頭。沒有坐享其成，反倒是處處充滿挑戰。我感恩於醫療專業與醫療行政給予的各種考驗，也欣慰於考驗後的收穫、滿足與成就感。細數我的醫界人生，我要說：我沒有交出白卷。

數十年的醫界歲月，我由主治醫師、科主任而成為獨當一面的公立醫院院長，及衛生署醫院管理委員會執行長。足跡走過桃園醫院、朴子醫院、台南醫院、嘉義醫院、衛生署醫院管理委員。過程中各種峰迴路轉的挑戰，是人生的重要閱歷，也是可歌可泣的個人日記。

記得剛到朴子醫院就任時，報紙半個字也沒寫。當地最大的公立醫院換院長，媒體居然這麼冷清，讓我直覺其中一定有問題。後來我到街上和歐巴桑聊天，那位歐巴桑說：「半夜來急診室的救護車一定鳴二次，第一次是進來，十分鐘之後的第二次鳴笛是把病人轉走。」知道這種情況後，我力圖改善醫院急診服務品質，透過醫療品質提升，總算漸漸把送來急診室的病人留下來。後來那位歐巴桑對我說：「現在到朴子醫院的急診救護車只聽到送進來的第一次鳴笛，沒有聽到第二次轉院出去的鳴笛聲了。」把朴子醫院上下整頓，醫療服務帶上軌道後，我也功成身退調離了朴子醫院。

做前人種樹的工作，總會有收穫

院長職務一路奉派南下，後來被派接任台南醫院院長，那時候署立評鑑倒數第二就是台南醫院，讓剛就任的我一看到醫院的營運數字，就有這是一家快要倒的醫院的危機感，當即思考該如何把面臨危急存亡關鍵的台南醫院，從谷底重新站起來。我依據經營朴子醫院的經驗，查看台南醫院急診室就醫概況，發現一個月內轉走五個病人，雖然相對於從前朴子醫院一個月轉走五十個病人的情況，台南醫院顯得好多了，但台南醫院位處台南市市區的中心，且台南是直轄市，醫療市場競爭激烈，對急診室的醫療成績，我認為很不理想，於是就採取緊迫盯人的政策。

我把宿舍的位置選在急診室正前方，每天盯著急診室進出病患情況，一陣觀察後才發現，原來有人在急診室外面專門擋病人，也就是病人連進急診室的機會都沒有，當然營運會日漸萎縮了。知道這個狀況後，我決心對台南醫院進行大力整頓，從醫護、行政人員到內部

2000年12月，林水龍、楊秀娟、周燦德（右起）同獲頒89年財團法人孫運璿學術基金會傑出公務人員獎。（照片提供／林水龍）

軟硬體醫療設施，逐一檢討改善，在我任內總算看到台南醫院起死回生，醫院營收由虧轉盈，甚至還有能力接收新化分院，為台南縣偏遠地區民眾提供醫療服務，而我也因此獲得了府城鳳凰傑出公務員楷模獎、孫運璿學術基金會傑出公務人員獎、行政院經建會金斧獎、銀斧獎等之肯定，為醫院和個人創造雙贏的紀錄。

2001年2月，參加肝病大檢驗暨肝病防治講座，左三為林水龍。
（照片提供／林水龍）

儘管經常在做前人種樹的工作，但是，我始終堅信：在困境中摸索、成長，最後終於有一些收穫，並得到自我和長官以及社會的肯定，所以離開台南醫院，奉派轉往接任嘉義醫院院長才二、三年，我就被任命為衛生署醫院管理委員會執行長。而從過去參與醫院經營管理到現在擔任醫院管理委員會執行長的經驗，我發現，管理績效不好的原因往往在於非專業干預專業。為此，想要革新就必須用專業的角度進行改革，當專業獲得重視時，干預就會降低；當專業做得不好的時候，自然也會讓非專業有干預的空間。所以想

減少外力介入干預醫院經營，必須強化專業、提升整體醫療品質服務，如此，營運績效也就跟著提升了。

不管多麼忙，一定要看門診

從最早接任桃園醫院副院長職務，走進醫療行政系統後，好像就踏上一條不歸路，下一次會被調到哪裡，自己完全無法掌握，所以，在一開始我就打定主意，絕不放棄臨床醫療的部分，不管多麼忙，一定要看門診，這才是我的本業，而且要懂得在醫療專長方面精益求精，學習更多專業知能。也因此，雖然本身學的是外科，但在臨床醫療上我一直在努力尋求突破。

1983年，赴美做研究時攝於約翰霍普金斯醫院前。
（照片提供／林水龍）

還記得剛擔任臨床醫療時，當時有個不成文的規定，想留在台大醫院的人要先到阿拉伯去，我不想去，於是就到桃園醫院服務，研習換腎手術。之後，還到霍普金斯醫學院研習胰臟移植。

如今，我因緣際會把臨床醫療轉向乳癌預防治療的領域，剛開始的時候，我觸診的功力還不強，摸不出來，但超音波測到了，我以此為借鏡，決定加強磨練，經過十多年的臨床訓練和經驗累積，現在我在乳癌腫瘤觸診的診斷上大為精進，和儀器檢測結果的誤差率極小。

當醫師的最重要心願是以最好的醫療技術和服務，造福病患。為此，擔任嘉義醫院院長期間，我結合醫療和行政上的優勢，引進全台灣唯一一台乳房專用磁振造影設備，到九十四年上半年，接受診測的病人有五百多人，其中有超過一半是之前在醫學中心或區域醫院就診後，主動前來求診的。這套醫療設備雖然設在嘉義醫院，但求診患者卻有七成是來自嘉義以外的縣市，甚至有百分之三是來自國外的病人。

細數醫界人生，我仰不愧於天、俯不怍於地，無論在臨床醫療或醫療行政上，我窮盡心力，願把最好奉獻給病患和社會。

（採訪整理・林淑蓉）

陽光，在這一班

勇敢築夢

2 張天鈞

醫學宛如衣食父母；但在精神領域裡，藝術才是最重要的快樂泉源。在藝術方面的投入和專注程度，連大學的美術老師都誇其「主修藝術，副修醫學」。

學歷◆台灣大學醫學院醫學系學士、台灣大學醫學院臨床醫學研究所博士班畢業
經歷◆中華民國臨床細胞學會理事長、中華民國內分泌學會理事長
現任◆台大醫學院內科教授、當代醫學月刊總編輯、臺灣內科醫學會雜誌總編輯
專長◆甲狀腺疾病、內分泌疾病
興趣◆繪畫
獲獎◆畫作《夜》入選一九七三年全省美展、教學方面榮獲國立台灣大學教學傑出獎
著作◆《荷爾蒙與疾病》第一、二、三、四輯，《甲狀腺疾病》、《甲狀腺疾病的認識與預防》、《甲狀腺及副甲狀腺細胞學》、《認識腦垂腺疾病》、《實用內分泌學——理論與實例》、《名畫與疾病》、《張天鈞的名畫診療室》、《打開健康蓋子》、《三月之歌》畫冊、《醫學是什麼》等

上圖：月夜角鴞，53×45.5公分，油彩畫布，2000，張天鈞畫。（照片提供／張天鈞）
下圖：忘憂薄霧，65×53公分，油彩畫布，2002，張天鈞畫。（照片提供／張天鈞）

繪畫是一生的追求

在現實生活中，醫學雖然是我的衣食父母；但在精神領域裡，藝術才是最重要的快樂泉源。如果在生命過程中，非要區分兩者之間的輕重，我寧可說：藝術在我心目中的比重更多一點。因為總有一天我會從醫界退休，繪畫則是一生的追求，我永遠不會放棄用畫筆揮灑色彩的樂趣。

從小美術課就是我喜歡的科目，記得那時候老師沒有教很多，通常只是讓學生塗塗鴉，我把圖畫好，就覺得很快樂。到了大學，才真正開始接觸比較多專業的知識，台大美術社有一些外國藝術家的專業書籍，最早入門的是塞尚、畢卡索等畫家，以及一些印象派的作品。隨著大環境的開放，台灣的藝術書籍也愈來愈多，再加上到世界各地美術館參觀，我在藝術方面的投入和專注程度，從來不亞於醫科專業，難怪大學時美術老師認為我「主修藝術，副修醫學」。

藝術美學的欣賞和創作，不像科學那麼絕對，隨著外在環境或內在情緒的改變，會產生不同的感覺。舉例來說，我在大學時期有一陣子很喜歡雷諾瓦的長髮女孩側面圖，後來又覺得那樣的構圖有點單調，轉為欣賞畢卡索藍色時期的作品，也試著畫了一些以藍色為基調的圖畫。還有我很欣賞中國古代的畫家，寥寥數筆，就讓人覺得寓意深遠，可是，因為中小學

醫生的三個年齡階段——我的自畫像，91 × 72.5 公分，油彩畫布，2005，張天鈞畫。（照片提供／張天鈞）

的書法課不多，後來就不會想要畫水墨畫，但這並不影響我創作水彩畫的興趣。

好作品要有生命力

我自己的畫風也隨著年齡、閱歷的增長而蛻變，最明顯的就是從寫實轉變為想像。不論是旅遊的風景還是周遭的人事物，經常是我入圖的素材，只要去除一些不必要的雜物，就可以完成一件作品。後來我漸漸地脫離寫實的手法，走入想像的世界。

然而，不論是古今中外大師的作品，還是對自我的要求，我覺得一件好作品最重要的元素是：有沒有生命力。以畢卡索來說，當他二十多歲，初到巴黎，生活還很辛苦，不論詮釋乞丐，還是他的朋友自殺之後所畫的藍色時期的圖，都讓我讀到他內心的感動；後來在玫瑰色時期，筆下的馬戲團家族，還是很有生命力；到成名之後，他可以只靠簽名賺進大把鈔票，這時候的作品我就沒有太深的感動。

記得有一次，我拿畫去裱框，師傅跟我說：「你的畫很有生命力。」我問他這句話的含意，他說：「有些美術系的學生，大學時候畫得很好，後來為了生活，就愈畫愈平常了。」其實，一幅畫究竟是為表達自己內心的感情，或是為別人的需要而畫，是完全不同的兩回事。

我喜好繪畫，既不以此為生，也不送人作人情，所以，我可以盡情享受繪畫的樂趣。如果把繪畫當作職業，或是答應了某個人送他一幅畫，那繪畫就會變成像看病人一樣，就是不斷地重複。其實，看病人對我來說一點都不困難，只是不斷地重複而已，我不願意把畫圖變成這個樣子。事實上，許多有名的畫家，也難逃重複某類作品的宿命。

我的畫既不賣也不送，所以在每次繪畫的過程當中，都可以享受探索的樂

叢林中看月亮，72.5 × 49公分，油彩畫布，1998，張天鈞畫。（照片提供／張天鈞）

放天燈，65 × 53公分，油彩畫布，2002，張天鈞畫。（照片提供／張天鈞）

趣，不會因為這張圖畫得很好，就再重複畫一次。我也不喜歡作品被品頭論足。我的醫學論文可以被審查，可是，我不想要繪畫作品也這樣，這麼一來，我可以只畫喜歡的東西。事實上，到底畫得好不好，在畫圖時自己就已經知道了。繪畫帶給我的快樂，存在於我和作品之間，不需要別人來評斷我作品的優劣，我認為最重要的還是自己是否覺得畫得很好，如果一張圖畫自己看起來很過癮，那就可以了。

活著就要多做一些有意義的事

在生活的規劃上，醫學和藝術我也分割得非常清楚。我有一個位於市區，生活機能強，離醫院近，讓我週一到週五工作起來方便的房子。到了週末放假的時候，就到位於郊區的畫室，鋸鋸樹木、種種花、整理庭園，在頂樓觀星賞月，遠離塵囂的紛紛擾擾，專心作畫。

繪畫可以讓我忘卻工作時的壓力，很少有什麼事可以讓我犧牲用來畫畫的時間。不少想約我吃飯的人都會覺得「怎麼很難請得動？」那是因為平常要看診、寫稿、審查別人的論文等等，好不容易放假，想把時間節省下來，過自己喜歡的生活，靜下心來畫畫圖。

由於長時間的堅持，所以我的作品還不少，有的也還不算小，最大的畫作有116.5×97公分，而二〇〇五年秋天完成二件100×100公分的作品——「生命的祝福系列」，還曾在醫學院展出。我有不少65×53公分（十五號）的作品，那是因為掛起來不占空間。但是當我想要表達內心強烈的感受時，十五號就太小。

作品不賣不送，件數愈來愈多，保留就變成沉重的負擔，以前我會裝很好的框，保留起來比較不會受損，可是搬動時太重，現在的圖我常只加邊框。

我本身目前還是無神論者，並不相信永生，因此我認為活著就要多做一些有意義的事，所以我把醫學這個行業做得很好，而努力的繪畫也讓我得到快樂，這樣已經很對得起自己了。日後別人怎麼看待和處理我的作品，我管不到，可是，如果能夠像廖繼春畫的西班牙Toledo古城一樣，被市立美術館妥善收藏，讓大眾都可以欣賞，是一件很有意義的事。

（採訪整理・林淑蓉）

6 林芳郁

當台大醫院院長從來不在人生計畫內，
一直渴望從事研究或到偏遠的台東蘭嶼服務。
但被交付責任後，就全力以赴。

學歷◆台灣大學醫學院醫學系醫學士、台灣大學醫學院臨床醫學研究所醫學博士
經歷◆法國巴黎大學附設醫院心臟外科研究員、日本金澤大學第一外科研究員
現任◆台大醫院院長、台大醫學院教授、台灣醫學會理事長、台灣外科醫學會理事、台灣醫學中心協會常務理事、立法院醫務顧問
專長◆心臟外科、不整脈治療、急診醫學、醫院管理

上圖：大一升大二時，林芳郁與林靜芸（右）出遊合影。（照片提供／林芳郁）
下圖：2005年8月，林芳郁（後排左二）於北美台大校友會與同學合影。（照片提供／劉秀雯）

夢想到台東行醫

很早以前我就想去台東行醫，即使作夢都會夢到，想像自己在台東蘭嶼的衛生所當醫師，每天騎摩托車到不同的村莊看病，若沒什麼病人，就下海游泳。我太太（林靜芸）常常取笑我：「你在作夢！」她比較practical（務實）。

我想，總有一天我會去做，如果我做得很愉快，她應該也會加入。此刻，我必須先把院長的任務做好，我的醫學訓練告訴我，肩負責任時，必須全力以赴，等卸下任務後，就可以去做自己真正想做的事。

當院長從來不在我的人生計畫內，從事研究才最有趣，可以不斷探索新的、未知的事。如果我沒擔任行政工作，我想我的研究會比現在好上三、四倍，研究需要投入相當的時間，一個人的時間很有限，我不是超人，必須有所取捨。

我當台大急診部主任時，就已經將原本心臟外科的工作減到一半以下。為了整頓當時的急診部，我花很多心力培育新血，帶年輕醫師去國內外參加急診相關的醫學會，參加的醫學會議都不是心臟外科，所以常常被我太太吐槽。

我帶領那群年輕醫師衝鋒陷陣，急診部慢慢步上軌道，逐步建構緊急醫療網、雙軌救護、急診加護病房、急診超音波、內視鏡以及創傷及災難醫學。急診醫學部有了清晰的制度

與系統。當年那群醫師如今都成為很優秀的急診醫師。

曾經，我的孩子在餐桌上問我，為什麼要放棄（指研究）？在從事行政工作以前我總跟他們說，我做的研究放眼全世界，只有少數人能做，他們聽了都很高興，所以問我現在為什麼要放棄。其實，上面把行政的工作交付給我，我也拒絕好幾次，最後沒辦法只好接受，一旦接受，只能傾全力完成，不容一絲打折，這是我的性格。

擔任行政職像開了另一扇窗

雖然擔任行政職有一些損失，卻多了一些不同的收穫。

以前我最大的夢想只有一個：把台大的紅包文化趕走。剛開始做很困難，我找了一些志同道合的人，希望從我們這一代開始不收紅包，等我們逐漸爬到某個重要位置時，成為學生學習的對象，讓他們養成為習慣。學生將來即使離開台大，到任何地方行醫都不會做這樣的事。當了院長，我這計畫可以進行得更快，加速夢想完成。

2005.7.16攝於畢業30年同學會上。
（照片提供／董氏基金會、攝影／許文星）

行政管理對我來說就像開另一扇窗，去看新的世界。

當台大急診部主任時，我連公文都不太會批，還得人教。自己上amazon找管理的書籍來看，才知道什麼是願景、使命、策略或差異管理，我從管理學學到許多，例如遇到挫折不表示已經完了，而是有另一個機會改善自己，失敗是造就你更進步的條件。管理也教我們創新的方法，以前在專業上學得很精深，鑽進牛角尖，以為那就是全世界。

與太太互相學習成長

我常跟太太分享這些心得。她從小看父親經營診所，學會如何對待屬下、病人，她的診所也經營得還不錯，我們常互相討論，她連命相學這類書籍都涉獵，我就學不會。夫妻之間

2005.7.16，主持畢業30年同學會。（照片提供／董氏基金會、攝影／許文星）。

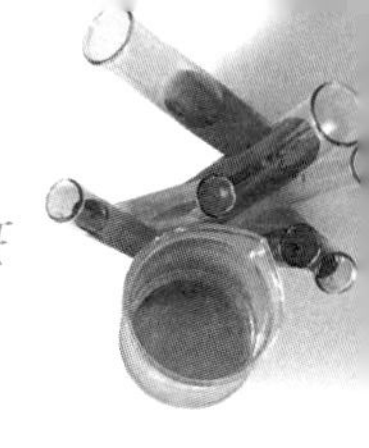

2005年7月，參加台大醫院員工健行。（照片提供／林芳郁）

彼此學習成長，才能長長久久。

運動也是，她的家族都很愛運動，我的家族不太運動，跟她結婚後，看她這麼努力運動，也影響我。她看我有鮪魚肚，要我減重，我會去做，也許做得不是她想得那麼好。現在我晚上工作到九、十點，然後回家走滑步機，至少走掉二百卡，她講得對的，我就去做。她很控制飲食，不吃豬肉、內臟，我也學會節制，相互學習嘛！

去年是我們畢業三十年同學會，那次是王榮德主辦的，有些同學特地從美國趕回來，這群同學彼此互相關心、分享，感情非常好，讓我非常感動。我們這一班，很多人做得比我好，他們很有理想，也願意去實現自己的理想，像葉金川、王溢嘉、翁瑞亨、蔡茂堂……等，不太在意現實的事，我應該跟他們學。

那次我們在烏來，一大清早，我和太太跟著賴美淑去賞鳥，她已經賞成專家了，她借來很多望遠鏡，教我們賞鳥，很有趣。真沒想到那麼多年後，各自在醫學專業領域努力，還能透過同學教我們與醫學沒有相關的東西，這就是人生的不同歷練吧。

那次聚會還有件難忘的事，以前我們班上有個男生喜歡一個女同學，卻遲遲不敢表白，最後被別人捷足先登。這麼多年後，那天晚上，我們起哄硬要他們一起上台表演，他們也很大方上台，雖然大家年紀有一點了，仍保有赤子之心，同學們還是像以前那樣，幫忙圓未圓滿的夢。

（採訪整理・林芝安）

14 翁瑞亨

就讀台大醫學院二年級時萌生的夢想，直至二〇〇五年終於完成。從醫療服務轉成傳道工作，要結合醫學與神學的力量，幫助更多人。

學歷◆台灣大學醫學院醫學系醫學士、中華信義神學院道學碩士

經歷◆台大醫院外科住院醫師、恆春基督教醫院醫師、屏東基督教醫院院長、恆春基督教醫院院長、嘉義督教醫院院長、衛生署保健處長、衛生署國民健康局局長

現任◆嘉義基督教醫院院牧部代理主任

專長◆外科、家醫科

興趣◆慢跑、旅遊

上圖：2001年，在國民健康局局長任內，與董氏基金會合作邀請成龍擔任國際拒菸大使。（照片提供／翁瑞亨）

下圖：2001年7月，就任衛生署國民健康局局長。左起：衛生署蕭美玲技監、董倫賢牧師、翁瑞亨、同學蔡茂堂牧師夫婦。（照片提供／翁瑞亨）

從大學開始的夢想——到神學院進修

在台大醫學院二年級，正式受洗成為基督教徒之後，常常和同班同學蔡茂堂、王榮德一起參加團契，研讀經書，當時就有一個念頭，很想到神學院進修，更深入了解信仰的內涵是什麼。後來當住院醫師，接著又接行政職，工作非常繁忙，這個願望一直延宕下來，無法實現。

本來卸下嘉義基督教醫院院長一職後，就決定付諸行動，但當時國家有需要，派我到行政院衛生署國民健康局服務，所以，到神學院進修的計畫，又再次延後。後來，把公職交棒之後，我毅然決然放下一切，全心全意當神學院的學生，實踐年輕時候的夢想。

在國民健康局服務那段時間，我發現人的健康問題和心靈有密切的關聯，只要將不利於健康的行為和習慣修正，國人的健康指數可大幅提高。可是，很多時候都是知易行難，要改變行為，必須先改造心靈；而改造心靈唯有靠信仰的力量。這是促使我想儘快到神學院深造的重要因素。

二〇〇五年修完了神學院的課程。兩年的課程真是獲益良多，不只解開我內心諸多疑問，也將原本模糊不清的觀念重新做些修正，更增進很多知識，讓我對心靈的奧秘有了更深入的了解。

從醫療工作轉成傳道工作

神學院畢業之後，我又回到嘉義基督教醫院服務，不過，工作的重心不再以醫療為主，而是負責院牧部的工作，在醫療方面做得很少，除非是院方需要我的協助或是諮詢，大部分時間都在做傳道工作。

醫學和神學有些差異，但也有相關性。科學原來也是從神學出發，經過討論、辯證之後，慢慢確定為科學的原理，在還沒有確定為科學之前，先有哲學理論。這些都蠻有趣的，其實醫學和神學可以相輔相成，追求共同的目標。

我覺得醫學院的學生比較務實，碰到問題很希望馬上找到答案；而神學院的學生富有人文氣息，比較理想化。當表達一件事情時，學醫的人會用比較簡單、具體、清楚的字眼來陳述；而神學院的學生會描述很細膩，還常用比喻的方式來說明。

結合醫學與神學，幫助更多人

我現在的工作雖然是在信仰方面，最後卻可能讓病人的醫療更有效。不久之前，教會有一位老先生，突然之間心臟亂跳，我們立刻送去急救，醫生急救半小時之後，老先生還是沒有恢復心跳，家屬要求我們一直為他禱告，一方面請醫生繼續急救。又半小時過去了，老先生仍然沒恢復心跳。可是，家屬還是不死心，請我們繼續禱告，過了三、四個小時後，情況才改善，最後還醒過來，會講話、表達意思。

在急救過程中，醫生出來好幾次，勸告我們：「不太有希望，即使救回來，可能是植物人，要不要放棄？」家屬和教友都不願意放棄，繼續要求醫生急救，而且虔誠地禱告。

我自己就是醫生，當然可以理解醫生所說的可能性。但是，透過眾人的禱告和上帝的帶領，病人居然意外地甦醒過來，這種感覺非常奇妙，除了說是神蹟，無法有合理的解釋。

其實，醫學還有很多未解之謎需要深入再研究，而心靈的力量也不是現在醫學能完全了解的。我雖然相信神學，也體驗過神蹟；但是，我也有醫學的訓練，所以，會比較客觀，不會只相信醫學，也不會只依賴神學，而是結合這兩個力量，使其發揮最大功效，幫助更多的人。

（採訪整理・林淑蓉）

2002年8月，與衛生署官員在阿里山開會，左起：翁瑞亨夫婦、衛生署副署長陳再晉夫婦。（照片提供／翁瑞亨）

17 楊士宏

從大學時代參加合唱團開始到現在，拿指揮棒一直是最大的興趣，在太太與女兒和諧的伴奏下，要讓海外的樂友知音們聽到台灣最美的音樂。

學歷◆台灣大學醫學院醫學系醫學士、哈佛公共衛生研究所碩士

經歷◆紐約長島St. Charles醫院心臟復健中心主任、紐約福爾摩莎青少年樂團、紐約福爾摩莎合唱團，及St. Charles Festival Orchestra創辦人

現任◆紐約石溪大學醫學院臨床副教授、心臟專科醫師

興趣◆音樂、旅行、滑雪

上圖：2003年，音樂會後慶祝會上，楊士宏（中）與樂團總監Gary Hodges、合唱團指揮Mark Keim合照「Three Amigos」。（照片提供／楊士宏）

下圖：1995年，紐約杏林男聲四重唱在紐約林肯中心為防癌協會募款演唱，左三為楊士宏，大提琴伴奏為女兒楊婷婷。（照片提供／楊士宏）

拿指揮棒是最大的興趣

當醫生可以幫病人解決病痛，是一個很有意義的工作。可是，當病人的病情嚴重，情況比較複雜的時候，難免壓力會比較大。還好，從小喜歡音樂，跳躍的音符可以有效幫我抒壓，音樂真是我這一生中最好的精神寄託。

當我身穿白袍，每天看診時面對形形色色的病人，只要病人到我面前，就要處理他的情況，我完全沒有選擇的權利。可是，指揮棒就不一樣了，可以隨著我的喜好、對曲子的熟悉度，來訂定曲目，自主性非常高。

優遊在音符的世界裡，不會感覺到壓力，甚至還是一種享受。所以，在我的診所裡，音樂永不停歇。尤其當我低潮的時候，音樂更是不能少，這時候，我通常會聽莫札特的曲子，像是單簧管協奏曲、管樂五重奏、弦樂四重奏等，都很清新脫俗，讓人忘卻煩憂。

莫札特的一生並不順遂，可是，他一點也不悲觀，他的音樂很能讓我放鬆。其他還有蕭邦的鋼琴獨奏曲、諾曼諾夫的鋼琴協奏曲、布拉姆斯的鎮魂曲、德夫沙克的大提琴協奏曲等，也都是可以帶給我平安喜樂的音樂。

拿指揮棒一直是我最大的興趣，從醫學院杏林合唱團開始一直到現在。內人秋莉是我隨身攜帶的伴奏，女兒婷婷也從小學鋼琴和大提琴，我們一家常沉醉在音樂裡。

夢想與家人同台演出

一九九〇年，我組成紐約青少年樂團，當時女兒才國小五年級，團員也大都是國小、初中的階段。第二年，我主動接洽醫院，把娃娃兵團帶去表演，除了表演莫札特小夜曲，還加入望春風、四季紅、蝶戀花等台灣民謠，演出後反應很好，醫院方面主動邀請我們定期去表演。在那之前，根本沒有人做這樣的事，我們動員了很多人來幫忙，從選曲、訓練、找譜……，一切都是DIY，雖然辛苦，卻是樂在其中。

隔年，女兒進入茱麗亞先修班，我也去選修指揮課程，我們成了校友（後來在哈佛大學，我們再度成為校友）。一九九

1991年，在醫院感恩節音樂會上，楊士宏（右一）創辦的紐約福爾摩莎青少年樂團首演，當時團員仍是「娃娃兵」。（照片提供／楊士宏）

The Impossible Dream (The Quest)

To dream the impossible dream,
To fight the unbeatable foe
To bear the unbearable sorrow,
To run where the brave dare not go;
To right the unrightable wrong,
To love pure and chaste from a far,
To try when your arms are weary,
To reach the unreachable star!

This is my quest, to follow that star,
No matter how hopeless, no matter how far;

To fight for the right without question or pause,
To be willing to march into hell for the heavenly cause!

And I know if I'll be only be true to this glorious quest,
That my heart will be peaceful and calm,
When I laid to my rest.

And the world will be better for this;
That one man scorned and covered with scars,
Still strove with his last ounce of courage,
To reach the unreachable stars.

不可能的夢想

作那不可能的夢想，
跟所向無敵的挑戰，
承擔無法忍受的憂傷，
奔向勇者怯步之處；

糾正無法改變的錯，
為了純真的愛千里迢迢，
筋疲力竭仍不放棄，
邁向那遙不可及的星辰；

這是我的挑戰要跟著那星辰追隨，
不管希望渺茫，
不在乎路途遙遠，
為了正義爭戰，
為了崇高的理想，
即使要下地獄也不猶疑不停頓；

深信我如能誠心面對這光榮的挑戰，
當我躺下長眠可以心安理得，
這世界也將因此改善；

看吧，
他獨自一個人蓋滿了傷痕，
仍然蹣跚前行，
撐著最後一股勇氣，
邁向那遙不可及的星辰。

《不可能的夢想（The Impossible Dream）》，是我深深喜愛的一首歌，是根據西班牙文豪塞凡提斯的名作——唐吉柯德編成舞台劇的主題曲，我把它翻成中文。它最能代表我們這一班的精神。（提供／楊士宏）

七年演出巴可尼尼大提琴協奏曲時，我指揮，婷婷獨奏，父女同台的畫面，讓音樂會平添溫馨氣氛。

之後，我們的規模愈來愈龐大，樂團從二十、三十個人擴充到六十、七十個人，再加上合唱團，一上台就是百位團員；原來團員都是華僑子弟，現在有白人、亞洲人或黑人，年齡層也擴大到社會人士，很像一個小型聯合國。

二〇〇〇年我隨紐約杏林男聲四重唱回台灣，在國家音樂廳演出，當時同台的台北福爾摩莎合唱團演出蕭泰然「福爾摩沙鎮魂曲」的世界首演，那個曲子以優美如歌的絃樂四重奏，娓婉動聽的男女聲獨唱，配上壯麗的管絃樂與混聲大合唱，描述台灣過去的

2003年，楊士宏指揮紐約福爾摩莎樂團與合唱團演出海頓「創世紀」選曲。（照片提供／楊士宏）

歷史和對將來的希望，令人感動流淚。

如果夢想能成真，我希望能在紐約的林肯中心或是卡內基音樂中心演出。或許和婷婷再一次合作大提琴協奏曲，或與秋莉合作鋼琴協奏曲。我也要動員百人樂團合唱團來演出「福爾摩沙鎮魂曲」，讓我在美國的樂友知音能聽到台灣最美的音樂。

（採訪整理・林淑蓉）

19 彭衍炆

婦產科是高風險的行業，肩負母嬰兩條生命的安危，壓力大得不到四十歲就誘發高血壓，所幸，與小白球的結緣成為生命中的轉機。

學歷◆台灣大學動物系、台灣大學醫學院醫學系醫學士
經歷◆台北榮民總醫院婦產部主治醫師、美國加州大學爾灣分校研究員
現任◆彭婦產科診所負責人
專長◆一般婦產科業務
興趣◆打高爾夫球、爬山、旅行、看歷史小說、電影

上圖：不登玉山頂，枉為台灣人。2003.7.18，54歲的彭衍炆生平頭一次攀登玉山主峰，左起：彭衍炆、小女兒、太太。
（照片提供／彭衍炆）

下圖：1999.7.10，彭衍炆夫婦與同學何德宜夫婦及友人同遊阿拉斯加遊艇上盛裝留影。
（照片提供／彭衍炆）

開業與小白球結下不解緣

最早知道高爾夫球是在學生時代，同學們都曾在醫學院生化大樓旁的草地，見到董大成教授練習切桿；當時不覺得小白球哪兒好玩。正式接觸高爾夫球是二十幾年前在日月潭中信飯店附設的九洞球場，朋友慫恿下，我初試身手，幾次揮空後居然也打得到球。玩出興致後，回台北即買了一套簡單的球具到練習場練球。起初只是玩票地偶爾揮桿，直到開業後才認真去打，卻越打越迷，二十年來興趣一日不減，無怨無悔地熱愛它。開業與小白球，最終結下不解之緣。

開業是條不歸路，家庭因素注定我早晚要下來開業。為了滿足個人心願，我還是在台北榮總婦產部任職九年，接受完整的專科醫師訓練。直到民國七十四年六月銜父命離職，我滿懷信心選擇在台北東區開業，期待能一炮而紅；無奈事與願違，因知名度、設備、大環境蕭條，以致慘澹經營，心中鬱卒難以言語。苦守寒窯兩年多後，另買下樓房，重新裝潢，充實設備，擴大營業，醫術亦漸得到肯定，業務因此好轉，總算苦盡甘來。

婦產科是個高風險的行業，肩負母、嬰兩條生命的安危，個人開業得隨時獨自面對不可預期的狀況；在產檯前，長期的提心吊膽下，我年未四十就誘發高血壓，壓力之大可想而知。開業生活單調乏味，日日枯坐診所，二十四小時全年無休。難得周日下午偶有空閒才能

踏著輕鬆的腳步，走在陽光的綠地上，一顆小小的白球，吸引彭衍焌追逐它二十幾年。（照片提供／彭衍焌）

全家出去走走，回家後想到隔天又要圈在斗室內，心情始終好不起來。

為調整身心，我聽從朋友的建議，開始真正下場打球，果然是一劑抒壓良方。球場都在郊外，藍天綠地，視野寬廣，空氣新鮮，能夠讓我大口透氣，心情自然舒暢無比。走出室外吸納陽光，擺脫心中陰霾，無形中也預防憂鬱症等精神疾病。打完球三五好友一起聚餐，天南地北，無所不談，交換資訊，而不致於日久封閉無知，與世脫節。

從球場上體驗人生

球場上難免會有意外，受傷、中暑、心絞痛、中風、昏倒；即便沒穿白袍也要義不容辭，在第一時間參與急救，給予口含片，施行CPR，有幸能救人一命，功德無量。

高爾夫球是自娛娛人的遊戲，一根桿子將一顆靜止不動的小白球打到目標洞；打得好別人喝采，打不好也不礙誰。但它也是運動，手揮百桿，腳走十里，「兩腳走，三腳勇」，好玩又健康。此外它亦是種競賽：對別人，不管球技高低，可以在差點的設計下，公平競爭比賽；對自己，更是一種mental game（心理的競賽），打球務必動心忍性、平心靜氣打好自己的球，他人影響不了你的表現。管好自己的情緒，忘卻負面的煩惱，並有強烈的進球慾望，才可心到球到揮桿進洞。想要贏人，必須先打出自己的差點，才能立於不敗之地，甚至超越平日水準，方有機會求取勝面。球打不好，其實是被自己打敗，所以高爾夫球也是挑戰自我的比賽。生命的故事中，有輸有贏，有起有落，先做好你自己，隨緣盡分，盡其在我，成事在天。成功有時也是踩在別人的失敗上。

2004.1.22，彭衍焌遊馬來西亞麻六甲城，戲耍蜥蜴變色龍。
（照片提供／彭衍焌）

球場上也是人生百態，只有高爾夫球可以一邊比賽一邊聊天，是競爭者也是朋友。大多時候，打球是愉快的；偶爾為了規則爭執不休，吵得面紅耳赤，本性暴露無遺，說穿了就是不肯認輸，因為白袍人的成長過程很少輸人。時間久了，多一層瞭解與包容，把吵架也看成是遊戲的一部分，也就見怪不怪。一路走來，架照吵，球照打，革命情感反而越打越深厚。

打球本為抒發壓力，太過認真計較，玩過頭反而被球玩，毫無樂趣可言，想通了才能體會其

2005.9.18，彭衍烄（左二）與醫師朋友在大連球場合影，背後是美麗的渤海。（照片提供／彭衍烄）

樂趣。所以人生在追求成功的同時，也別忘回頭欣賞身旁的美景，真正地享受你的快樂人生。想一想，我們這個年齡能健康的打球，也還真是福氣。

小白球讓行醫生命更完整

打了二十多年的球，算是小有心得，這點成就，比起我們這一班的教授、院長、總經理、署長、副市長等重量級人物，似乎微不足道。但在我內心，小白球已無形中成為我生命裡重要的一部分。就像許多人找尋他的事業第二春，我與小白球的相遇，完全是個偶然。面對一成不變乃至無法突破的開業生活，小白球的結緣成為我生命中的轉機，它給我不同的滿足與成就，不但開拓我的社交生活，連繫我與同學的感情，更開發我的潛能，增加自信心，讓我在事業上更有衝刺的活力。

行醫是我一生的志業，但小白球卻讓我的行醫生命更完整。對我而言，小白球不只是休閒娛樂，它是我生命力的表徵，是我對自我極限的追求，不可取代的無價之寶。

在屆齡退休之際，自己深切感謝擁有一份能一輩子助人的職業，和這個永遠充滿挑戰的精神生活。醫生在社會上得到比一般人更多的資源機會，理應擔負更多的社會責任，去回饋別人，貢獻社會。我想，就像我常說的，只要我能動，雖然診間是很枯燥乏味的地方，社會需要我，我還是願意付出我的專業能力，繼續幫助需要幫助的人。小白球也會繼續充實我的生命。

（採訪整理・林淑蓉）

51 賴美淑

在人生前半場，努力貢獻自我於職場盡其在我；
人生的後半場，要把焦點放在生態與賞鳥，
徜徉在大自然的世界，期待中晚年有一個優遊自在的人生饗宴。

學歷◆台灣大學醫學院醫學系醫學士、美國匹茲堡大學公共衛生學院碩士、台灣大學醫學院公共衛生研究所博士

經歷◆美國匹茲堡大學流行病學醫師；台大醫院內科、家庭醫學科主治醫師；行政院衛生署副署長、中央健康保險局總經理

現任◆台灣大學公共衛生學院預防醫學研究所教授兼所長、台灣大學公共衛生學院衛生政策暨管理研究所合聘教授、台灣大學醫學院醫學系家庭醫學科教授兼主治醫師

興趣◆賞鳥、旅遊

上圖：攝於畢業30年同學會上。
（照片提供／董氏基金會、攝影／許文星）
下圖：2004年，攝於Sant Crux島Galagpus。
（照片提供／賴美淑）

人生前半場在事業，後半場在生活價值觀

畢業踏進社會後，工作了近三十年，幾乎把人生最精華的歲月都貢獻在職場上，不論是從臨床的家庭醫學科醫師，轉到行政領域的「行政院衛生署副署長」、「中央健康保險局總經理」，還是從行政領域轉回教學，擔任台灣大學公共衛生學院預防醫學研究所所長，每個職務都盡其在我，交出自己還算滿意的成績單。

在人生前半場（中壯年階段），我和先生各自發展事業；後半場（接近中老年階段）我們分享的焦點則在「人生價值觀」上。幸運的是，我們找到一個共同的興趣——生態與賞鳥，也因為這個共識，開始關心大自然、歷史、地理、地質、花草樹木、飛禽鳥獸等天地萬物。在大自然的世界裡，分享更多生活樂趣，也期待中晚年有一個優遊自在的人生饗宴。

以旅行這件事來說，我們曾參加旅行團，幾天內趕場遊歷好幾個國家，但省思「旅行的本質是什麼？目標在哪？」後，我們覺得應趁體力還不錯，經得起顛簸的時候，踏訪國家公園，到生態最特別的地方做深度旅行，慢慢關心人類起源的歷史、大地的變動、冰河時期造成的影響、生物的變遷、存在的特殊物種等議題，也就是從那時開始關注生態。

賞鳥增添旅行的趣味

「鳥事」成為生活中重要的一環，則約莫是十年前的事。當時到南非旅行，下午很熱，

大夥兒決定先躲進旅館睡覺，傍晚再出來活動。我和先生覺得無聊，就到旅館的書店看書，發現一本《bird》的書，就帶了書和望遠鏡出去走走（我們習慣隨身攜帶望遠鏡，在醫學討論會可看清幻燈片，聽音樂會和歌劇時，也派得上用場）。走著走著，聽到一個聲音，用望遠鏡一看，發現一隻很大的鳥，對照剛買來的圖鑑，竟找到了這隻鳥的資料；後來，又聽到不一樣的鳥叫聲，我們繼續按圖索驥，一趟走下來，覺得很有趣。

回到台灣後，我們試著查詢相關的團體，在民生報上發現「台北市野鳥協會」周日有賞鳥活動，就到集合地點加入賞鳥行列。

參加後，感覺很喜歡，我不愛聒噪，剛好賞鳥的人都很安靜；沒有人在乎你的出身背景、學問、社會地位，大家因共同的興趣而來，彼此互相幫忙，誰知道鳥在哪裡就告訴你，誰看得懂也會和你分享。在那樣的活動中，實踐了平等的精神，人與人之間很平等，人和鳥之間也很平等。

喜歡賞鳥後，更添旅行的趣味。例如：一般去溪頭是為了看神木，匆匆看到後，又趕著往回走。賞鳥之後，去看神木的感覺完全不一樣。為了看鳥，自然會慢慢走，一路上看看聽聽，不知不覺發現，神木怎麼那麼快就到了，恨不得繞遠路，遠路已不成為負擔。

通常開發中國家的鳥比較多，所以除了高度文明的國家，我去了很多舊大陸，像非洲、

2004年，攝於Espanola島。（照片提供／賴美淑）

中南美洲、印度周圍的國家，以便貼近觀察新舊大陸生態的變化、鳥種的變化；也上山下海，探訪了沙漠、次沙漠、草原、森林、高山、岩壁，趁著體力還行，趕快多看多聽。

鳥世界，百看不膩

隨著年紀增長，未來會考慮到歐洲旅遊。歐洲在冰河時期，很多物種無法越過阿爾卑斯山就消失了，因此，鳥類或特殊生物不多，但歷史人文、宗教、藝術、歌劇比較豐富，這些活動也不需要太多體力。

除了鳥種的變化，我也觀察不同鳥類的文化，像是織布鳥，外型不出色，可是築的巢是共同合作社，背後

2004年，與那米比亞布西曼族合影。（照片提供／賴美淑）

的故事很精采。我甚至運用醫學專業，觀察鳥的進化。如人類背上的鎖骨和上臂分開，鳥卻合在一起，也讓我好奇，鳥如何演化為人。其他像：山鳥比較美，水鳥比較樸素；山鳥又分為沙漠、丘陵、濕地、乾地、高山、惡質地形；水鳥又分為沿岸、淡水、海水、遠洋，都值得深入了解。

人生中壯年的階段，工作經驗已算豐富，也有自己的處事方法，反倒覺得鳥的世界很有趣，時常有新發現，百看不膩。可以說，我家最常討論的話題，就是「鳥事」。

（採訪整理・林淑蓉）

95 陳振佳

行醫多年，最大的收穫是踏入有機農業。去感受蔬果能量的存在，領會個人的謙卑渺小，以更感恩的心去面對每個人。

學歷◆台灣大學醫學院醫學系醫學士
經歷◆羅東聖母醫院外科主任
現任◆羅東聖母醫院一般外科主治醫師
興趣◆泡茶、烹飪

上圖：1993.10.10夜，院子裡百朵曇花齊開，陳振佳與夫人明鴒攝於家中。（照片提供／陳振佳）
下圖：陳振佳的女兒於農場除草。（照片提供／陳振佳）

行醫最大的收穫——踏入有機農業

如果說，行醫多年，我人生最大的收穫是什麼，那就是踏入有機農業這塊淨土。

十多年前，由於妻子的二弟研發出以創造有益微生物生長繁殖的環境，並利用能量磁場理論種植富含高能量負離子的有機蔬菜，這自創且獲得專利的三度空間有機栽培法，造福了許多人。

當時，我深刻感受到我們長期吃下有農藥殘留的蔬果，身體不僅累積許多毒素，河川溪流的生態也被污染破壞。身為醫生，我只想單純的讓自己吃得乾淨，吃得放心，使全家人身體更加健康，於是興起自己種自己吃的念頭，一頭栽進了有機農夫生涯。

即使是種菜的門外漢，過程中遇到很多需要克服的技術和困難，幸好有妻子與親友大力的支持與付出，我們從不輕言放棄。除了自己

2001年8月，李耀泰（右）來訪，攝於冬山河親水公園。
（照片提供／陳振佳）

身體力行栽種蔬果外，另外也請來專業的農民替我們種植稻米。

然而這些農民初始沒有點頭答應，因為我們嚴格要求不可使用農藥、化學肥料、殺菌劑、抗生素、除草劑、生長激素等化學藥劑，他們擔憂有機耕種的生產方法產量較低，不敷成本。

最後雙方協議以契作方式處理，以高於市價收購稻作，如果沒有達到最低收成量，我們仍會以最低收成量的價錢收購。結果可喜的是，收割時的收成量，反倒比有使用農藥及化學肥料還要多，也因此更加肯定自己的選擇。

有機蔬果帶來的能量

對於農作收成多寡，我們不會有預期心理，堅持有機無毒栽種，不以營利為目的，心態上不同於一般農家，少了得失心，抱持平常心。舉凡許多蔬果，都是家人愛吃才開始種的，像荔枝、枇杷等，有些種到現在也沒結果，但我們都不會沮喪、失望，反而是哪天突然看到果實纍纍時，剎那間的驚喜與悸動溢於言表。

由於在宗教醫院服務，大部分沒有錢的人都會到這裡來看病，如果付不出醫藥費也沒關係，因此造成醫院人員的工作量增多。工作一多，休息時間自然減少，但我仍必須擁有足夠

陳振佳的農場全景。（照片提供／陳振佳）

將自家農場採收的作物化為佳餚。（照片提供／陳振佳）

的愛心和耐心，去幫助更多需要幫助的人，這才是我們學醫的宗旨。

每當我極度疲累的時候，我會換個方式，遠離人群，走到戶外，接受大自然的洗禮，拋開外界物質享受，以對環境友善的態度，靠人力或自然力除蟲或除草，真正回到原始的生活，親近山林，站在距離天空最近的位置，感受大自然的能量，讓身心靈得到一定的放鬆與休息。

除此之外，看到自己花下心血所栽種的蔬果，一天一天的成長，這也是接觸有機農業後帶來的樂趣和滿足。在更多時候，我確實能夠感知蔬果能量的存在，當我面對一菜一果時，我顯得謙卑渺小。當我有足夠的力量面對自己時，我更能以感恩的心去面對每個人。

現在的我，幫助更多貧苦的病人，我吃真正乾淨無毒的菜，那種關懷分享、淡泊名利的境界正是我過去曾經嚮往過的。到了向晚的年齡，我真正體會到有機的精神。

（文・陳振佳）

陽光，在這一班

睿智人生

4 蔡茂堂

為了信仰而放棄專業，從醫師成為牧師，用最積極的被動傳教方式，希望大家親自體驗上帝的愛。

學歷◆台灣大學醫學院醫學系醫學士、美國福樂神學院宣教學碩士、美國台福神學院道學碩士、美國三一國際大學文化間研究哲學博士

經歷◆國立台大醫院精神科醫師、恆春基督教醫院院長、中華基督教路加傳道會總幹事、東安台福基督教會主任牧師、美國台福神學院兼任講師、松柏台福基督教會牧師、芝加哥台福基督教會主任牧師

現任◆台北和平基督長老教會牧師

專長◆精神醫學、宣教學、文化學、教牧學、倫理學

興趣◆欣賞大自然、閱讀各類書籍、栽培後進

上圖：2004.5.29，蔡茂堂攝於美國密西根州湖岸。（照片提供／蔡茂堂）
下圖：2003.5.30，蔡茂堂與家人攝於美國阿拉斯加州冰河。（照片提供／蔡茂堂）

我以我們班為榮，很多同學不只當醫師，還在其他領域有所發揮，例如白櫻芳鑽研禪學領域，我很尊敬他；而王溢嘉，更是早早就找到他奉獻的祭壇，為文學的理念、理想持續努力。

上課、唸書、當家教

大學時候家裡很窮，七年都必須兼家教自己負擔學費及生活費，除了唸書，並沒有錢和時間做別的事情。那時候能把書唸好，靠的是認真背書，把相關的資料都背起來，接下來是上課認真抄筆記，老師重複講的地方就是重點，最後是上課前預習及課後整理的功夫，學期開始就先把講義看過，準備的時間也比較充分。所以在醫學院的時候，上課、唸書、當家教是我生活的重點，除此之外，宗教也是我主要的活動，課餘時間就上教堂。和平教會是我學生時代參與的教會，沒想到繞了一大圈又回到這裡擔任牧師。當時唯一參加的社團是台大針灸社，那時候發現西方人對中國的針灸很有興趣，為什麼我們自己卻不研究？於是找老師指導，找同學來參加，創立了台大針灸社，我自然的成為創始社長。

信仰是如人飲水，冷暖自知

我出生在基督教的家庭，父親在彰化基督教醫院跟英國宣教士蘭大衛院長學醫藥，因而有機會接觸到基督教信仰，成為基督徒。雖然我從小就上教堂，但是基督教對我來說只是我

父親的宗教，就像家裡從小拜拜，小孩也只是跟著去拜拜一樣。不過從中學開始，我對信仰開始有很多的質疑，包括教會應該是強調愛心的地方，為什麼會有人因我家窮欺負我們？為什麼在學校也因家貧而被老師陷害？那時候雖然每周日都上教堂，但心裡是離開信仰的，那是我的黑暗時期，內心非常怨恨陷害我的高中老師跟誣賴我父親的人，逼得我想自殺。我詢問上帝，您既是公義的神，為何讓壞人留在教會，也讓壞老師留在學校？我也好奇父親一生遭逢逆境，卻持守他對神的信心，而蘭大衛醫師何以會有那麼多的愛心？我終於在高二時，第一次認真做了禱告，我跟上帝承認自己的缺點，承認自己很糟糕、很驕傲、心中充滿怨恨，希望上帝能夠改變我，我告訴上帝如果祂真的改變我，我會認真地做基督徒。後來上帝真的慢慢地改正了我的這些缺點，從此基督教才真正成為我自己的信仰。

信仰有兩個層次：理念與經驗的層次。經驗慢慢的累積讓我篤信宗教甚至成為傳道人：我是一個家裡繳不出學費的孩子，為了賺學費，每個學期都需要有家教，連大七當實習醫生，也能有機會找到家教賺取學費及生活費，順利唸完大學，我認為這都是上帝給的機會。後來我當路加傳道會總幹事，我必須放棄醫師的工作，經濟上馬上會有直接的影響，但是我老婆說，錢夠用就好，給我很大的支持。另一個例子是，我每次轉職都是減薪，幅度最大的一次是我從洛杉磯到芝加哥的教會，總共減薪約百分之六十，當時我正在攻讀博士學位，而

2005.1.16，攝於ho-ping歡迎會上。（照片提供／蔡茂堂）

在加州的三個孩子又陸續進入大學教育，然而神為我們預備了所需要的一切。甚至孩子們可以不用申請助學貸款而完成大學教育。對我而言，信仰是可以經驗的，但這個部分如人飲水，冷暖自知，需要自己去體驗。

最積極的被動傳教方式

我離開台大醫院後到恆春基督教醫院服務，後來又從醫師成為牧師，大家或許會覺得很不可思議，納悶我為何會做這樣的選擇？我認為在人類所有的活動當中，政治與宗教是兩種極具挑戰性的活動，都是挑戰：「活著是為了什麼？生命的意義與價值在哪裡？」如果從人文的角度去探討，可能就會投身於政治，為了政治理想而犧牲奉獻。至於宗教談的不只是人文的層面，也談論到靈性的層面。當我認真

2005.7.16，在畢業30年同學會上，就「尊貴的人生」之講題與同學分享人生體驗。
（照片提供／董氏基金會・攝影／許文星）

看待基督教時，我發現耶穌曾經為了我而犧牲生命，如果你真的相信有人為你而死，你一定會有很強烈的反應，而我只是為了祂而放棄自己的專業，還沒有到犧牲自己生命的地步，實在算不得什麼。

身為一個牧師，傳教是我的天職，在大學的時候，我喜歡以跟同學辯論的方式傳教，但是現在的我並不喜歡以這種方式傳教。我的傳教方式比較像是「姜太公釣魚，願者上鉤」，我稱作是用「最積極的被動傳教方式」：我希望基督教信仰所帶給我生命的改變，是讓大家羨慕，以至於他們有興趣想問我問題，我才會被動回答，並告訴他們基督教信仰的內涵。我也會請他自己試著親自體驗上帝的愛，以及祂所帶來生命的改變。

雖然我現在是牧師，但我的醫學背景並沒有廢棄不用，反倒因為精神醫學的背景，使我在提供及幫助教友身心的健康上有很大的助益。二〇〇二年在美國完成博士學位，論文題目是探討信心與醫治的關係，並且副修醫學倫理與教育學。感謝上帝在二〇〇五年初帶領我們夫妻兩人回到久別的故鄉，盼望在人生的下半場能夠將過去的學習與經驗貢獻在故鄉。除了在和平教會牧會當一個牧師以外，期待能幫助成立基督徒精神科醫師團契，希望藉由團契成員的互動，建立精神科醫師間的相互支持網絡；期待有機會參與醫學生的人文教育與醫學倫理；也期許自己可以匯集資源來幫助傳道人身心靈全人的健康。

（採訪整理・曾鈺珺）

5 林靜芸

身為整型科醫師，卻不認為人人都要整型，主張透過視力矯正、運動、睡眠、飲食、荷爾蒙調整，往健康的方向去「整頓」。

學歷◆台灣大學醫學院醫學系醫學士
經歷◆馬偕整形外科主任醫師
現任◆林靜芸整形外科負責人
專長◆整形外科
興趣◆讀書、打高爾夫球

上圖：2005年2月，春節旅遊時與先生林芳郁合影。（照片提供／林靜芸）
下圖：2001年1月，全家春節旅遊。（照片提供／林靜芸）

人生的第一個挫折，卻很有教育性

綜觀我的前半生，遇過不少挫折，經歷挫折之後，勇氣也與日俱增。當夜幕低垂，和外子林芳郁談心時，不只一次提及：「我們的人生似乎有共同的特色，三不五時就會碰到一次挫折，但是，也都會愈挫愈勇。」

如果要說人生的第一個挫折，應該算是我的臉。我的母親常說我長得醜，身為整形外科醫師，自己也覺得不漂亮，幾乎整張臉都不對勁，諸如眼睛下垂、雙眼皮太寬、眼尾無神、嘴角一高一低，五官的比例不對、大小不對、神情也不對。在病人眼中，也認為我的臉不夠正。

有一位被別人整壞的病人，在經過其他多位病人推介之後來到我的診所，她解釋沒有一開始就找我的原因說：「林醫師，我看電視，覺得妳自己都搞不好，有可能是好的整型醫師嗎？現在已經被整壞了，有好幾個人都推薦妳，我只好來了。」

事實上，我覺得我的臉看起來很舒服，不盡完美之處都是因為先天不足，例如：我患有乾眼症，所以，螢幕上看來眼睛張不開；而一邊嘴角肌肉較衰弱，所以，感覺一邊高、一邊低。這種先天的障礙，有點像小兒痲痺，不是可以靠醫療百分百改善。

行醫過程中，我這張臉還很有教育性呢！有位病人想除掉臉上的疤，他說：「客人看到

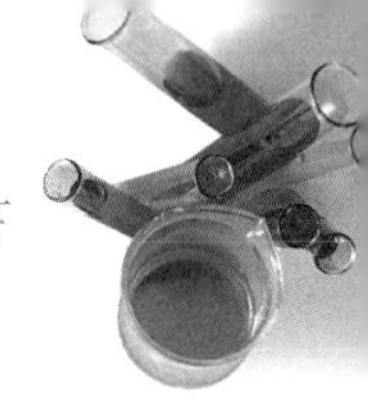

我的臉就不想跟我買東西。」本來我還以為他在賣美容產品，一問之下才知道他賣的是電子產品，我跟他說：「那是你自己的問題，你看我眼睛這麼怪，可是，我做得最多的是雙眼皮手術，按照你的理論，我的雙眼皮手術不是半個都推銷不出去？」

專業使然，我會多觀察身邊的人的外型，我發現，醫生很少注意自己的外貌，例如：啤酒肚、黑斑、眼皮拋腫……都是常見的問題，代表他們沒有把醫療這個產業發揮到極致。

每個人都要「整頓」

我做的雖然是整型，卻不認為人人都要整型；但我覺得「整頓」很重要，畢竟我做的是醫療行業，每個醫生都該整頓自己，往健康的方向去整頓。以前的醫療是醫病，現在的醫療也要醫治心靈，要帶給大家新的希望，同時給社會正面的示範。

整頓並不需要花大錢給媚×峰、最×女主角，而是運用醫學上的健康知識，把所能做到的最好的一面呈現給大家。

一個人看起來年輕最重要的就是視力，我每半年一定重新配一次眼鏡，看遠看近兩相宜。其次，每週打球，不定期游泳，還經常吹口哨，藉以鍛鍊肺活量。第三是足夠的睡眠，每天睡八到十小時，我和外子都很愛睡，在家最常說的一句話就是：「我們去睡覺！」

另外，我一直維持五〇・四公斤，如果多一點、少一點，都會很快調整回來，相對於我的臉部，身材是我的強項，這要感謝父母親，讓我擁有比例不錯的身材，體重也不難控制。視力、運動、睡眠、飲食、荷爾蒙加起來，就是抗衰老最好的方法。我自認為全身上下沒有需要整型的地方，而是運用醫療專業，把自己整頓到最佳狀態。

病人第一次來，看到本尊，會跟我說：「林醫師，妳本人比較漂亮。」或是：「林醫師，妳沒有傳說中那麼醜。」經過幾次，病人還會說：「林醫師，妳變漂亮了。」或是：「林醫師，妳變年輕了。」像我這種人最大的好處是，看久了，也就覺得沒那麼抱歉了。

2000年8月，林靜芸與家人攝於在夏威夷舉行的大學同學會上。
（照片提供／林靜芸）

發揮能力，愈挫愈勇

在拜師學藝的過程中，也是相當不順利。當我在台大唸書時，早已久仰紐約大學McArthy教授的大名，他是國際整型外科權威，整型教科書幾乎都是出自他的手筆。當我到紐約，試圖要拜訪他時，他的秘書強調：「要約好時間才能

2004年10月，林靜芸與家人攝於美國紐約。（照片提供／林靜芸）

見。」那時候，紐約天氣不穩定，隔天氣溫會驟降，而我帶的都是夏天的衣服，我要求秘書一定要幫我轉告：「我沒有禦寒衣物，明天非回去不可，請教授一定要見我。」後來，教授在開刀房接見我，秘書說：「這是前所未有的事。」幸運的是，見面之後，他答應收我做二年的fellow。林芳郁去法國拜師的過程也很曲折，最後才如願以償。

最近有個非常棘手的醫療糾紛，對方還在媒體放話，碰到這種莫須有的指控，我的心情難免會沮喪。現在小孩都大了，夫妻倆的生活比較悠閒，周六就在家吃飯，我和外子開一瓶紅酒，兩人天南地北什麼都拿出來說，外子就安慰我：「我們兩人的共同特色，就是三不五時會碰到挫折，當面對挫折時，反而最能發揮自己的能力，愈挫愈勇。」在這次醫療糾紛中，有許多醫療同業出面相挺，讓我感受到友誼的重要，人家說「同行相輕」，其實不然，只要做得正、行得正，還是會有同行伸出友誼的雙手。

老天爺好像對我還不錯，除了接二連三的挫折之外，也給我一個沒什麼挫折的家庭，尤其是外子，碰到有歧見的事情，最後都會以我的意見為準，外子的說法是：我利用他對我的愛威脅他，讓他不得不妥協。例如：我們剛結婚時住在婆家，後來就搬到離我娘家比較近的地方，這樣我回家看父母就方便多了。

最近，我們也討論到退休後的生活，雖然他想要去小鎮當醫生，可是，我跟他說：「台灣沒有所謂的小鎮，就算是台東、花蓮，都不算是小鎮；其次，你的專長是心臟外科，我做的是整型外科，需要有好的醫療設備才有用，你去小鎮很難派上用場，說不定連感冒都不在行。」外子認同我的分析，不再堅持要去小鎮當醫生。

後來，我們討論出一個共識：退休之後出國旅遊、進修。但是，要去哪裡還沒有「喬好」，他想去以前留學的巴黎，而我從小學鋼琴，嚮往維也納。按照我家做事的慣例，最後會以我的意見為準，所以，去音樂之都的可能性高於藝術之都。

不論是工作上還是生活中，很難凡事順心如意，不論是外子，還是我碰到挫折，每次我們都攜手一起度過，並且在過程中累積更深更厚的情感。以前如此，現在這樣，以後也不會改變。

（採訪整理・林淑蓉）

7 侯勝茂

母親「抓貓要用擒虎力」的身教，師長「不壓抑屬下能力，讓團隊一起進步」的做法，讓他不忽略生活中任何小事，用科學的方法增進行政業務的效率，也把所學不藏私地交給學生。

學歷◆台灣大學醫學院醫學系醫學士、美國約翰霍普金斯公衛碩士、台灣大學臨床醫學博士
經歷◆台大醫學系主任、台大醫院副院長、台大醫院骨科主任
現任◆中華民國行政院衛生署署長、台灣大學骨科教授
專長◆骨科醫學、醫療行政、實證醫學
興趣◆唸書、思考、打球、聽音樂

上圖：2005年春節，全家參加伊豆溫泉之旅。
（照片提供／侯勝茂）

下圖：2005年6月，衛生署長侯勝茂接受董氏基金會出版的《大家健康雜誌》訪問。
（照片提供／大家健康雜誌、攝影／許文星）

不藏私的教育方式

我的一生得到很多師長的教導，我當老師之後，也把所學全教給學生，完全不藏私，甚至希望學生能夠超越我，如此整個團隊才會愈來愈強。

在台大念書的時候，很多老師都是為人表率，洪啓仁、劉堂桂、宋瑞樓等多位教授都是我的典範。記得我還是實習醫生時，有一次值班，在內科急救室看到一位病人因心臟病喘得很厲害，洪啓仁老師握住病人的手很親切地跟他說：「沒關係，我明天幫你開刀，你一定會好。」病人當下就不再喘，逐漸安靜下來。洪老師的態度，往往可以帶給病人很大的信心，很快就能解決問題，看到他和病人互動的技巧，我暗暗許下願望：「有為者亦若是。」

劉堂桂教授生活非常規律，也讓我佩服不已。劉老師每天早上七點一定準時坐在晨會的位子上，數十年如一日；做起事來按部就班，總是把角色扮演到最好，自律嚴謹，至今還是我很好的學習對象。

後來我去美國深造期間，影響我最大的是杜克大學骨科主任James Urbaniak，他是全世界著名骨科權威，心胸非常開闊，特別提醒我一個重要的觀念：「絕對不要壓抑屬下的能力，率領一個團隊的時候，當團體裡有能力的人愈多，這個團隊就能一直進步，就像是水愈漲船愈高。」

Urbaniak不只是嘴巴上這麼說，也確實這麼做。當時我是他的第一助手，可以幫忙開刀，他會同時開二、三床刀，如果開到重要的部分，我在隔壁開刀房，他還會叫我過去，告訴我：「手術做到這裡的時候會有危險，應該要這樣做。」完全不藏私的精神，讓我永遠銘記。

後來我教學生時，也是抱持這種精神。我讓學生帶相機來上刀，碰到某個地方有危險時，會告訴他們怎麼處理，教他們拍照存檔，一來，可以把資料收集起來，當作論文的題材；再者，好的老師不會只教你什麼是對的事情，對的事情通常書本都有寫，老師還要教哪裡有陷阱，最容易犯錯的地方在哪裡，這樣才配成為一位大師。

不論是什麼行業，很少有人什麼都會，通常是一群人發揮所長，合作完成一件事。我有五百篇論文就是這樣做出來的，我的學生也很喜歡跟我一起寫論文。

抓貓要用擒虎力

我另一位學習楷模為我母親。她是第三高女畢業的，非常重視教育，從小就訓練我們必須非常有規矩。她現在已快八十歲，出門還是穿學生時候的那種襪子，把自己弄得整整齊齊、乾乾淨淨，那種一絲不苟的態度，比我認真多了。

媽媽從來不輕忽小事，她告誡我：「抓貓要用擒虎力。」就是說抓貓的時候，不要只用

1986年，楊士宏同學回國時由葉金川同學接風。（照片提供／侯勝茂）

抓貓的力量，而是要用抓老虎的力量，全力以赴！媽媽的生活態度就是這麼積極，不會忽略生活中任何一件小事，就算是很小的事，她還是當作大事來做，而且要做到盡善盡美。

近一年來我奉派到衛生署服務，大半的時間在處理國家的衛生政策，與各部會協調，指揮防疫體系，改革健保等之行政事務。進入政府單位才知道衛生署的工作既繁且多，每個人每一天均與衛生署的業務有關，雖然我有美國Johns Hopkins之公衛碩士之學歷，但仍不夠，極需要許多人的協助與指導，可以說是每天均在學習之中。

但行政的日常業務推動也可以用科學的方法增進效率，例如我就很注重五S，整理、整頓、清掃、清潔、素養。能夠維持環境、空

2005年5月，攝於日內瓦大學校園。（照片提供／侯勝茂）

間、思考層面的整潔其實是效率的第一步，而且人在整潔的環境比較快樂，快樂的人思路比較暢通，所以衛生署本部一次五S運動，就清理出二十五噸的不必要廢物。

很多人說「一年之計在於春，一日之計在於晨」其實是有問題的，應該在冬天就把次年的計畫準備好，前一天晚上就要把第二天要做的事準備好，所以一年之計應在於冬，一日之計在於夜，如此第二天或新年度一開始就可以衝刺了。在現代多元價值的社會裡，我覺得還是要有一些可以當典範的人物，他們是社會的中流砥柱，讓大家有一個學習的對象。我這一生碰到這麼多位典範，真的很幸運。

（採訪整理・林淑蓉）

12 劉秀雯

不少人因醫院裡充斥藥水味和醫師的撲克臉，而不喜歡醫院。自己出身醫師家庭，也當了醫師，時時刻刻和醫療人員打交道，認為不論生活或工作，都應該營造快樂和諧的氣氛。

學歷◆台灣大學醫學院醫學系醫學士、美國約翰霍普金斯醫管碩士、日本獨協醫科大學醫學博士
經歷◆台大醫院眼科住院醫師、台北市立仁愛醫院眼科主任、台北市立婦幼醫院副院長
現任◆台北市立聯合醫院中興院區院長
專長◆一般眼科學、斜弱視、白內障、青光眼、眼整形、雷射手術
興趣◆音樂—鋼琴、長笛、運動—羽毛球、高爾夫球。

上圖：2003年春節，全家北海道之旅。（照片提供／劉秀雯）
下圖：2005年8月，劉秀雯與先生侯勝茂（前排左一、左二）返約翰霍普金斯大學公衛學院拜訪，並接受大學刊物訪問。（照片提供／劉秀雯）

把員工當家人

從小到大、從早到晚，我幾乎時時刻刻都在和醫療人員打交道。父親、公公、先生、兒子、女兒通通都是醫師，我自己也是醫師，工作上碰到的也是醫師和護士，不少人會因為醫院裡充斥藥水味和醫師的撲克臉，而不喜歡醫院。我覺得不論生活或工作，都應該營造快樂和諧的氣氛，做起事來才能事半功倍。

從小我父親就教導我待人要溫和有禮。父親是開業醫，家裡請了不少護士和幫忙打掃煮飯洗衣的歐巴桑，父親都把她們當自己的家人，他說：「家裡的歐巴桑也是人家的媽媽，護士也是人家的女兒，要對她們有禮貌，不可以大聲喊來喊去。」年輕的時候，我如果和家裡請來的員工吵架，還會被父親臭罵一頓。

後來我自己結婚生子，工作上很忙碌，處處需要別人的幫忙，才體會到父親當時為什麼會那樣對待員工。

先從家裡說起。我們夫妻都是醫師，沒辦法接送小孩、準時煮飯，這些事我通通交給歐巴桑。因為父親的教導，所以，我就把歐巴桑當家人，歐巴桑也把我們當作她的家人，把我的小孩當作她的孩子照顧。家裡有全職歐巴桑的好處是：小孩不至於當鑰匙兒，家裡有飯吃，大家也不必擔心吃飯的問題，下班、下課就趕快回家，一家人的作息也比較正常，我也

2003年10月，劉秀雯（中）於楊淑敏同學家舉辦小型同學會。（照片提供／劉秀雯）

不必一個人做到筋疲力盡。

生活瑣事有人代勞，但是，全家人的心靈對話卻不可或缺，也不可能由別人代勞。每個人都有情緒，我也不例外，為了避免情緒化的語言，孩子小時候，我都是用寫信的方式來和小孩溝通。有時候為了寫信給兒子、女兒，弄到夜晚二、三點，文章完成後，自己看一遍信的內容，如果發現太嚴厲，還是會重寫。後來有E-mail就更方便，我在房間發信，走出房門看到小孩，還會裝沒事。用寫信的方式來教育小孩，態度就理性多了，兒子還開玩笑建議我，寫了那麼多，可以學劉墉，把寫給他和妹妹的信出書。

和諧的工作氣氛

至於工作上，不論是看診還是同事相處，也要注意氣氛的和諧。在醫師這個角色上，我把病人當朋友、當家人，病人給我的回饋也非常直接，我在看病，病人家屬在一旁稱讚：「這是誰家的女兒，教得這麼好。」他們說我好，也稱讚了我父母，我看診就特別愉快。事實上，我也沒多做什麼，不過就是在和諧氣氛下，把分內的事做好而已。

工作方面，要把員工的潛能發揮出來，不是訂很多守則，而是要用心、花時間和他們搏感情。

我在仁愛醫院當主任的時候，同仁們有打羽毛球的習慣，我根本不會打，為了和大家搏感情，也跟著去試試看。後來覺得很不錯，一起運動可以培養團隊精神，一些工作上的問題到了球場上，也可以說出來，大家哈哈幾聲，輕鬆帶過；另外還有益健康，真是一舉數得。後來，愈打愈有興趣，我們還報名參加全國衛生盃羽球賽，才第一次參加就拿到亞軍，我們的經驗不如別人，靠著士氣一路打上去，這就是團隊精神發揮作用。

人生短短數十載，何必每天吹毛求疵鑽牛角尖，快快樂樂過一天不是很好嗎？自己快樂，身邊的人也愉快，整個團隊精神百倍，做起事來事半功倍！

（採訪整理・林淑蓉）

2005.7.16，畢業30週年同學會，劉秀雯與先生侯勝茂（前排）於烏來瀑布前和同學合影。
（照片提供／劉秀雯）

26 王榮德

因為上帝的看顧，引領走正確的路，在職業病、生活品質與經濟評估、中醫與另類療法三大領域努力耕耘，期待帶給社會正面的影響。

學歷◆台灣大學醫學院醫學系醫學士、美國哈佛大學公共衛生學院工業衛生碩士、美國哈佛大學公共衛生學院職業醫學博士

經歷◆台灣大學醫學院副教授、教授、德州大學健康科學中心職業醫學與環境科學兼任教授、台灣大學公衛學院教授、台灣大學公共衛生學院職業醫學與工業衛生研究所所長

現任◆台灣大學公共衛生學院院長、台大醫院內科主治醫師

獲獎◆一九八七年十大傑出青年、一九八八～九六年國科會傑出研究獎、一九八九年列名國際傑出領導人物、一九九六年李遠哲傑出人才講座、一九九八年行政院傑出科學與技術人才獎、二〇〇一年教育部學術獎、二〇〇一年拉馬其尼院士（Ramazzini Collegium）、二〇〇三教育部講座教授獎。

著作◆1.流行病學方法論，台北：健康世界出版社，一九八九。2.公害與疾病，台北：健康世界出版社，一九八七及一九九〇。3.約二百篇學術論文。4.Basic principles and practical applications in epidemiological research, New Jersey: World Scientific, 2002.

上圖：2004年8月，帶孫女兒王示真（中）去狄斯奈樂園玩。（照片提供／王榮德）

下圖：2003年12月，父親王萬全、母親王陳素美（中）北上參加教育部講座教授頒獎典禮。（照片提供／王榮德）

我們班上同學多數都很出色，和他們比起來，我只是很平凡的人，只因神的恩典，祂給我機會，給我正確的導引，所以，數十年下來，也做出一點成績，得到一些肯定。

由上帝引領，走正確的路

從小隨著母親上教堂，認識耶穌的精神，內心充滿歡喜，在初三那年受洗，得到祂完全的接納，在我碰到挫折時，祂給我指點明燈；在我徬徨之際，祂引領我做正確的抉擇，這是我此生最大的幸運。

聖經上說，一個人有沒有貢獻，在於上帝有沒有給他機會。我會進入公共衛生的領域，不是一開始就規劃好的，而是因緣際會轉進來的。

我原來想做醫療傳道的工作，當我考上免疫學公費留學，準備赴美深造的手續時，正好有一位職業病的學生退回獎學金，而我正好符合這個名額的條件。雖然職業病的領域較複雜，個人安

2005年6月，長子王道一UCLA經濟學博士畢業。左起：媳婦蔡雅如、孫女兒王示真、王道一、王榮德。（照片提供／王榮德）

全較可能受到威脅；但基於研究職業病對國家社會的貢獻比較大，最後還是決定專攻職業病的領域。後來，我和同仁證實了十八種職業病及四種環境病，發表超過二三〇篇論文，在公衛領域有豐碩的成果。

其次，在全民健保開始規劃的時候，我觀察到未來會有生活品質和成本效益的問題。生活品質涵蓋生理、心理、社會、環境等因素，而在健保實施後，醫療公平性增加，但效率並不一定增加，所以，我們的團隊從急性心肌梗塞、中風、肺癌、肝癌、愛滋病、糖尿病、地震等不同主題，進行生活品質調查和經濟評估。

2004年3月，全家合影。左起：王榮德、妻梁望惠、從美國回台投總統選票的長子王道一全家、老二王道仁。(照片提供／蔡茂堂)

2005年2月，王榮德夫婦在印度普那參加National Conference of Occupational Health。（照片提供／王榮德）

近幾年，不少國家都在使用中醫藥和另類療法，然而，哪些中醫藥真的有療效，需要科學方法的驗證，於是我們也著手進行中醫藥的研究。

以上三個領域，前面兩個都有不錯的成果，對社會也有若干正面的影響，感謝上帝給我機會，讓我把時間精力用在有意義的事情上。人的一生有多少功過，蓋棺才能論定，我也經常擔心將來做的事上帝會不喜悅，所以，衷心祈求上帝繼續看顧我，給我機會，引領我繼續走正確的路。

（採訪整理・林淑蓉）

28

劉淑智

身兼醫師、教師的雙重身分，彷彿是一座天秤，左臂的一端是病人，右臂的一端是學生，中央的支柱則是她堅定不移的信念。

學歷◆台灣大學醫學院醫學系醫學士、醫學碩士、醫學博士。
經歷◆國家衛生研究院研究醫師、台大小兒感染科研究醫師
現任◆中山醫學大學小兒感染科主任
專長◆照顧生病的兒童
興趣◆文字、藝術、音樂和運動

上圖：1992年2月，劉淑智全家攝於馬來西亞鄭和像旁。（照片提供／劉淑智）
下圖：1996年，劉淑智攝於金門。（照片提供／劉淑智）

時光的源流

寫這篇文章，一開場就得自首，因為標題借用了余秋雨先生「文化苦旅」中的一則篇名。

但思前想後，再沒有比這更妥貼的題目了，反覆掂量，還是決定硬著頭皮寫下去。不消說，寫慣病歷紙和拉丁文的手底下，自然寫不出余先生那筆風華絕代的散文，但穿著白袍的三十年行醫歲月，卻自信有不輕於他文藝生涯的另一種重量。

光陰荏苒，轉眼間從台大畢業將滿三十年。自弱冠到如今的天命之年，人生中最精華的時光就這麼悄悄卻又轟轟地從眼前流走。倘若三十年能化為一道激流，那麼這激流的左岸便是我潮落潮起、全力以赴的醫學事業，右岸則是溫馨旖旎、酸甜與共的家庭親人。

但有一點是你我皆知的：那就是這道激流的源頭，發源自醫院舊址的灰瓦紅牆，發源自杜鵑花城的點點滴滴，發源自台大學生生涯的萬千回憶。若將已過的半生放在濾紙上透析，便能得到層層色彩。那麼，諸君何妨在夜闌人靜時仔細思索，生命的濾紙上，您篩下了哪幾道深深淺淺的痕跡？

前陣子收著信件，看到班上的同學們如此積極地籌劃文物、舉辦同學會，讓人心裡滿是感動。常常聽聞著滄海桑田、人事不再的轉變，幸虧當年台大的景物彷彿依舊，同學們感情

也依舊，不同者只是每個人身上增添了幾道雋永的痕跡和歷練。那兩天一夜的重聚，大家的朗朗笑語、把酒言歡，真彷彿時光機器漩渦一般的美好。

傳承與轉折

「青山依舊在，幾度夕陽紅」，羅貫中不愧是一代巨匠，將三國演義的開卷辭揮灑的有如潑墨畫般淋漓盡致。然而，當了這麼久的醫生，每天接觸著形形色色、難以計數的病人，我卻很難像他「白髮漁樵江渚上，慣看秋月春風」的肆恣縱橫。因為在他來講，滾滾長江東逝水是淬鍊後的人生體悟；在我而言，醫治病人卻是無可逃避的責任。

站在中年這個人生必經的關卡上，是一件饒富趣味、雙向觀瞻的事情。一方面，我們比青年人們更有資格指點江山、激昂經歷，但勃勃的朝氣與不計得失的衝勁卻不復拾；另一方面，我們仍搆不上長輩們去蕪存菁、充盈圓融的大師風範，卻又比他們多了人生顛峰的得意感，少了歲暮將至的忡忡情懷。

兒子小時候曾經突發奇想，他說：「媽媽，如果一代大師像是愛因斯坦這樣的人物，能夠在臨終前，將他頭腦內的知識才華移轉到另一個人腦袋裡，這樣人類不是進步得很快嗎？」其實從來傳承一直是人類文明最重要的課題，創造語言、發明文字、印刷書籍、輸入

1993年8月，劉淑智全家攝於加拿大弓河。
（照片提供／劉淑智）

電腦，每一項都是希望記錄下心血結晶，傳承給後代，讓他們少走一點冤枉路，少花無謂的力氣就能享受智慧的成果。

無奈的是，頭腦依舊無法轉移，再怎麼天縱英才的智者，仍舊得從牙牙學語開始，花上幾十年功夫吸收、茁壯，然後在他逐漸貢獻世人的同時，一面逐漸凋零，然後期待著下一代的接棒。是啊，要是有一天兒子的奇想能夠成真，那麼文明的腳步不知會進步到何種匪夷所思的程度？

但有一點別忘了，繼承了智慧的同時，我們是否也得繼承這些偉人的悲歡喜樂？繼承他們的愛恨情愁？繼承他生命中的坎坷與浮沉？其實知識學術之外，從來這些東西才是占據了人生大部分的要角，只是世人記得的，往往僅有史頁上的豐功偉績，但光彩背後的晦暗，才是一具堅強靈魂值得敬佩的地方。

如此說來，一來一往，得失當真難說的緊了。

身兼醫師、教師的雙重身分，我彷彿一座天秤，左臂的一端是病人，右臂的一端是學生，中央的支柱則是我堅定不移的信念。有時這座天秤累了、傾了，親情的砝碼就會適時地帶給我平衡，師長朋友教導我，協助我，再加上天的慈愛撫慰著疲憊的心靈。人生如此，夫復何求？

1996年，劉淑智攝於澎湖西嶼教會前。（照片提供／劉淑智）

從來我們就一直面臨著許許多多的轉捩點，以往如此，以後亦然。許多當下的決定，你我轉瞬就會後悔；但有一些，卻有著縱貫數十年的重量。那麼，我們該如何取捨呢？

（文・劉淑智、廖先啓）

36 江漢聲

工作再多，最愛還是當醫生，
從和三教九流的病人聊天中看世界、知人心。
獨處時，鋼琴則成為最忠實的良伴，伴隨自己追尋人生的彩虹。

學歷◆台灣大學醫學院醫學系醫學士、西德慕尼黑科技大學博士

經歷◆台北醫學大學醫學系主任、醫學研究所所長

現任◆1.輔仁大學醫學院院長；2.台大醫學院、台北醫學大學醫學院、輔仁大學醫學院教授；3.台北醫學大學附設醫院、耕莘醫院泌尿科、新光醫院主治醫師；4.台灣泌尿科醫學會理事；5.台灣男性學醫學會常務理事；6.台灣尿失禁協會創會理事長；7.台灣生命倫理學會理事；8.亞太地區男性老化研究協會主席；9.教育部通識教育委員會委員；10.衛生署醫學倫理委員會委員

專長◆泌尿外科、男性醫學、生殖醫學、性教育、音樂治療

著作◆醫學專業論文發表於國內外期刊百餘篇，多次獲得研究傑出獎勵。醫學教科書和大眾叢書五十餘種，概括健康、性愛、文學和音樂治療各領域，並於二〇〇五年以《醫者的智慧》一書獲得金鼎獎

上圖：2002.3.11，同學賀江漢聲任輔大醫學院長。左起：鄧世雄、薛綏、江漢聲、柯滄銘。（照片提供／柯滄銘）

下圖：2005年11月，和父母、三個孩子近照。（照片提供／江漢聲）

追尋人生的彩虹

雖然我從小學鋼琴，但真正融入鋼琴音樂是在初中三年級時，那時我上台演奏蕭邦的「幻想即興曲」，會場聽眾包括我自己都如醉如痴，一個青少年竟能把蕭邦彈得那麼浪漫，根據在場我妹妹的形容，我在台上表情誇張、身體搖來晃去的自己都不知道。後來，我不但彈蕭邦得過三次台北市的冠軍，也一直喜歡當眾即興演奏這一曲。從大學生涯到醫師職場，一直到現在，有時彈給剛入學的新生聽，有時彈給同事或喜愛音樂的朋友聽，每一次，都有不同的感受，正如蔣捷這首詩道出人生不同的意境；

「少年聽雨歌樓上，紅燭昏羅帳；
壯年聽雨客舟中，江闊雲低，斷雁叫西風；
而今聽雨僧廬下，鬢已星星也；
悲歡離合總無情，一任階前點滴到天明。」

蕭邦的「幻想即興曲」，甜美的中段曾被引用為電影配樂；歌詞是說「我總是在追尋彩虹」，在我彈到這段時，就會想著我人生彩虹是什麼，從少年、壯年到中年，而後老年，我又要追尋什麼。

也許我比很多同學幸運，生活一直能如自己所願多元的發展，也能隨著年紀適時的轉

型。其實，這也是從學生時代以來的理想，不致讓我在同一種工作中煩悶下去。

然而，工作再多，我發現自己的最愛還是當醫生，看不同的病人，做自己喜歡的手術，尤其現在臨床執業的時間愈來愈有限，我每星期總期盼這麼一天，從和三教九流的病人聊天中看世界、知人心；從手術過程中去享受外科醫生的成就和滿足。

幼稚園畢業時演奏照。（照片提供／江漢聲）

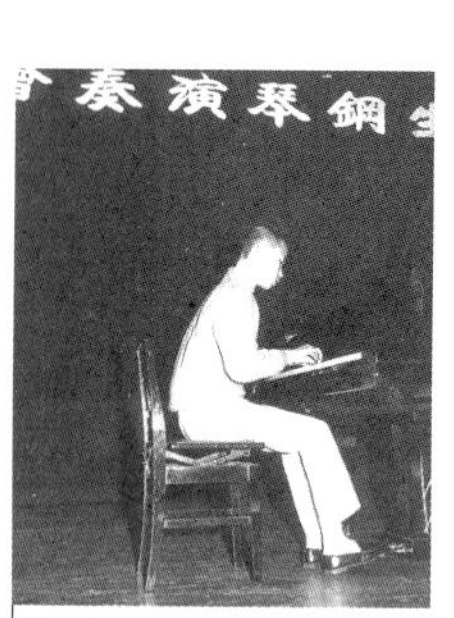

高中時演奏照。

我經常感恩天主給我的這份職業，也希望能以做醫生的角色終老。雖然目前大部分時間都辛苦在醫學教育、在深耕一個新的醫學院，在辛苦中期盼未來能有更多像我一樣熱愛這個行業的好醫生，也許就是我目前人生追尋的一道彩虹吧！

聲音是多彩的夥伴

在社會形象中，有些人把我看成「名嘴」。年輕時，我經常寫的、講的題目都屬於如何增進人生中的親密關係，兩性也好，親子也好，真是豪邁柔情、幸福圓滿。中年之後，相信大部分同學都能體會，我們的父母老邁需要照顧，我們的兒女長大各有天空，一切絢麗彷彿因更年期而褪色了。所以，最近寫的、講的題

2005年，贈耕莘醫院鋼琴之演奏會照。

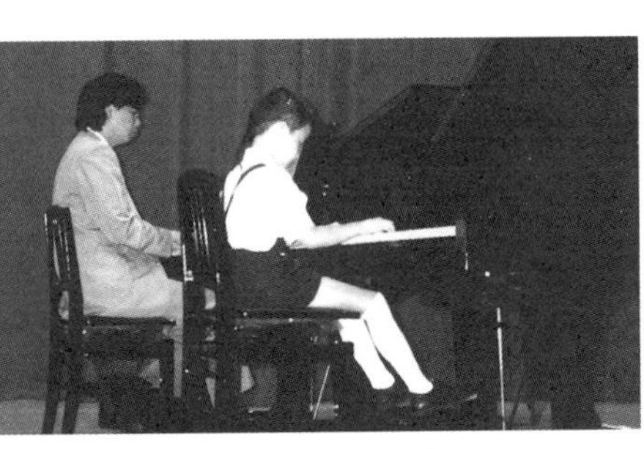
兒子演奏協奏曲時，擔任鋼琴伴奏。

目轉移到如何抒壓解愁，面對人生半場後的障礙。其實也是自勉，看淡那些愛恨情仇或名利是非，真正做到「萬惡『贏』為首，百善『笑』為先」。這也是現實人生中的追尋。然而我發現，現在自己再彈的蕭邦，不復是年少時那麼輕狂浪漫，聽自己的錄音，甜美的旋律不再劇烈起伏，而是如歌似的優雅，就像陰雲開霽時天邊淡淡的雲霓。

我幾乎還是每天彈琴，不管是十分鐘或是一小時。過了中年，鋼琴是我忠實的良伴，有時心境孤獨，有時壓抑不了的興奮，就告訴這位外表總是黑白，聲音卻是多彩的夥伴；透過八十八個琴鍵，我有自己的音色，融入自己的感情，它成了最了解我、最能表達我的知心朋友。

我從小喜歡幻想，雖然許許多多的幻想就如一遍又一遍彈的「幻想即興曲」一樣舟過水無痕，也像一道又一道的彩虹在現實的陽光下消失無蹤，然而，在長大的時光隧道中，我也抓住了許多人生的美景，實現了不少童年的願望。

2005年，《大家健康》雜誌採訪照。
（照片提供／大家健康雜誌．攝影／許文星）

在世上留下的雲彩

心智成熟的今天，我的幻想不似年輕時的繽紛，彷彿許多藝術家的創作歷程，晚年的意境若不是返璞歸真，就是接近哲理或遁入空門。人生走了這大半場，應有的戲都上演得差不多了，接下來該想想如何在世上留下一些雲彩，或如何讓後半段人生平順走入尾聲。

想想自己還有什麼大的願望去追尋呢？應該寫些不一樣的書，或許把這些年做醫學教育的經驗寫成紀念；也許，把研究中最得意、最有價值的部分做一總結，登在夠水準的期刊；要做一兩張最愛的CD，彈大家都能記得我的音樂——最要緊的是放慢人生步調，多享天倫，快快樂樂去過每一天，就如在靜夜聽雨點滴答，享受其中各樣情趣，轉眼到天明。

信仰是我懂事以後人生的依賴，我相信冥冥中一切都是天主的安排，感恩天主在我不強求之下就能擁有這許多的幸福，除了有美滿的家庭外，還包括我能順利受最好的教育，能順利在專業領域有很好的表現；而中年後能回歸到天主的醫學院工作，三年之中建起巍峨的大樓，充實了師資和各種研究資源，也讓學生有很好的醫院去見實習，這其中更要感謝班上許多同學的同心協力，像鄒國英、鄧世雄、邱浩彰、駱惠銘、林敏雄、沈博文、陳瑞雄等。

我常把我們這一班這麼多有特色的同學，幻想成水滸傳中各個角色，是從天而降、在地結緣的星星。也祝福每一個同學都能在後半段人生更美滿，正如夜空上閃耀的每一顆星星；更期盼他們和我一樣，未來都能追尋到更多人生的彩虹。

（文・江漢聲）

37

陳瑞雄

剛開始做手術，擔心做不好，常常做惡夢。認為手術前的預防，比處理術後的風險更重要。

學歷◆台灣大學醫學院醫學系醫學士

經歷◆國泰綜合醫院住院醫師、國泰綜合醫院心臟血管外科主治醫師、紐西蘭奧克蘭CTSU Greenlane Hospital Registrar心胸外科研究員

現任◆國泰綜合醫院心臟血管外科主任

專長◆胸腔及心臟血管外科、冠狀動脈繞道手術

興趣◆運動、音樂、打牌、電影

上圖：1970年，大學同學於宜蘭太平山留影，上至下：邱浩彰、陳瑞雄、楊哲明、陳一豪。
（照片提供／陳瑞雄）

下圖：1974年11月，大學同學於棒球十項賽後於台大醫學院操場合影。左起，後排：彭衍炆、陳世乾、林肇華、陳鐵宗、林敏雄、陳瑞雄；前排：林凱信、楊哲民、何德宜、侯勝茂、白櫻芳。
（照片提供／陳瑞雄）

認真仔細地進行每一項工作

不少人肯定我在心臟繞道手術上的成績，其實，剛開始做時，很沒有把握，尤其我又是用左手開刀，和其他醫師的方向不太相同。那陣子常常會做同樣的惡夢：夢見我跟老師各在一個手術台進行手術，縫合的時候我一直縫不好，病患流血不止，想請老師來幫我，沒想到老師的手術也面臨同樣的情況。我從許多病歷與併發症的經驗中追究原因，失敗多了，時間久了，自然就能避開風險。

期望手術有較高的成功率，必須維持一定的水準，每個環節也要更加小心。通常越高風險的病人，我會準備越久，包括病人的體力、開刀前二至三天的住院準備、營養、術後的復健……，都會讓病人充分地了解，也讓所有的家屬都簽字同意，安排妥當以後，手術的風險就會比預期的低。

事前多做準備，萬一發生併發症，也有更充足的資訊處理後續狀況。在術後出現併發症的病人，需要處理的方法都不一樣，我認為手術前的預防，遠比處理術後的風險更為重要。因此，我會親自跟病人溝通，如果病人有疑慮或對手術不夠了解，手術後失敗的比例都會提高。

同時，家人的因素也必須考慮，病人在手術後非常需要家人的照顧，也需要家屬協助病

1975年畢業時，攝於台大醫學院校園，背後面對病童沉思的塑像「醫者之像」，乃邱浩彰同學的父親邱文雄醫師之大作。
（照片提供／陳瑞雄）

人持續服藥，我也會向家屬說明，家屬也可能會有不同意見，有的同意手術，有的反對，有時候甚至得一一解說，讓所有家屬都同意，才進行手術。

一般來說，患有冠狀動脈心臟病的人，性格也比較強，有時候家屬勸他戒菸都沒用，醫師的權威性，剛好可以強迫病人改變一些不好的生活習慣。

我的門診病人都知道，如果我聞到病人身上有菸味，就不會馬上看診開藥，會先唸他幾句，勸他戒菸，如果病人沒有戒菸，或只是口頭上承諾要戒菸，我也不會為他開刀。假如我幫病人開刀以後，他仍然繼續抽菸，只會加速血管硬化，雖然開了刀，心臟血管的壓力也不會減輕。

忙碌之餘的休閒生活

現在每一個禮拜還會有一、二天，晚上睡覺的時候會被醫院叫醒，處理病人的狀況。臨床工作的負荷量其實還是很大，除了門診、手術，我也在輔仁大學及台北醫學大學帶醫學生。

當實習醫生的時候有這樣的說法：喜歡運動的人通常會走外科，內向的人通常會從事內科。我在學生時代就是醫學院體育十項比賽的代表隊，也是足球隊的隊長，很喜歡運動。現

1972年大四時，全國醫學盃足球賽奪冠後，台大醫學院足球隊合影，執旗者為陳瑞雄。（照片提供／陳瑞雄）

在偶爾會打高爾夫球、保齡球，或是跟兒子去看棒球，另一位也在國泰的同學林敏雄鼓勵我多走樓梯，走上樓就好，以免影響膝蓋。有時候也會跟同事、朋友打打橋牌或爬山，放鬆心情，避免腦部退化。

我的生活大致是這樣：週一到週六上班，週日如果人在台灣，也會來醫院看看病人，二十八年來都是這樣，有時候會覺得愧對家人，我特別感謝太太的協助，把家照顧得很好。

二女兒出生的時候，我在紐西蘭進修，她出生八個月後我才回來，那時候我正在專業的訓練階段，比較沒有時間陪伴孩子，所以在家裡都是扮白臉，對她們態度比較寬鬆。小兒子比較晚出生，他出生時我已經是主治醫師，比較有條件能陪伴他，我跟他的關係就像是兄弟，一起去運動、當兄弟象的球迷，前年，兄弟象三連霸比賽，我們兩個每週六都在球場看球，一起迎接封王的喜悅，十分有趣。我很享受與家人相處的每一刻。

（採訪整理・曾鈺珺）

38 陳一豪

本來只想活到五十歲，但從醫師變成病人後，才發現如果「game-over」，實在對不起太多人，所以要活著，要把自己可以利用的價值都用光。

學歷◆台灣大學醫學院醫學系醫學士

經歷◆馬偕紀念醫院耳鼻喉科主任、台灣耳鼻喉科醫學會理事、長庚紀念醫院耳鼻喉部頭頸部腫瘤科主任、長庚紀念醫院耳鼻喉部主任

現任◆長庚紀念醫院耳鼻喉部暨長庚大學醫學院醫學系副教授、長庚紀念醫院癌症中心頭頸癌醫療團隊召集人

專長◆頭頸部腫瘤外科

興趣◆橋牌、圍棋、骨董收藏、攝影、旅遊、球類運動

上圖：55歲生日，和三個女兒合影。
（照片提供／陳一豪）

下圖：1989年，馬偕醫院舉行迎新送舊會，大家都醉了！前排右手掩嘴者為陳一豪。
（照片提供／陳一豪）

從醫師變病人

人生的旅途中，難免碰到崎嶇彎折之路，每個人都有處理的哲學與方法。我最近發生一些意外，對人生的困境，有許多新的領悟。

我的醫師生涯有幾個階段，基礎是在台大形成，畢業後，在長庚與馬偕成熟、起飛。期間，歷經了幾次重大轉變與抉擇，縱有不如意，卻也讓我成長許多。

早年在私立醫院，要升教職，實在非常困難。現在我成為副教授，在醫學的領域，我已很滿足，將來能不能升教授，倒不那麼在乎。而去年（二〇〇五年）七月從長庚的耳鼻喉部主任退下來，由侯勝茂同學的弟弟接任，我也覺得鬆了一口氣。少了行政的工作，可以好好地當一位醫生，專心關注病人，是很愉悅的事。

我們班人才濟濟，在各個領域發揮所長，有的人可以當到領袖，但我知道自己的能力，大概做個小頭頭，領導一些人，做到最完善的地步，便是我對自己的定位。

除了醫療生涯中的轉折，另一個人生的考驗——得到CVA（突發性腦血管疾病），更讓我有很深的體悟。

去年十二月，我在開刀房中剛完成一個手術，忽然覺得四周的燈全暗了下來，本以為還站得住，結果不行，趕緊叫身旁的人扶住我。那是生平第一次體驗瀕臨死亡的感覺，休息一

陣子後有嘔吐的情形，不久後又恢復正常。

當時我覺得一定有問題，血液好像跑不到腦袋，就幫自己掛號，做了核磁血管攝影（MRA）。檢查後，X光醫生說：「你的血管都是通的，沒問題。」哪知道隔了半個鐘頭，他又立即電話通知：「不對喔！陳主任，你有一個地方怪怪的……。」

我一聽，心沉了一半，再做一次檢查，結果也是一樣，診斷是脊椎動脈剝離性血管瘤，隨時有可能爆裂而致命。當時，神經外科的學弟雷大雅提醒：「你一定要積極治療，不可以放任！」尤其考慮到我的家人，對太太來說，每天活在不知何時老公會突然離開的恐懼中，這樣充滿不定時炸彈的生活，實在太嚴酷了，所以我決定放置血管支

大二阿里山之旅。（左起：侯勝茂、陳一豪、楊士宏、劉秀雯、李素惠、林靜芸、黃綠玉、邱浩彰。（照片提供／陳一豪）

架，採取較積極的方法來面對它。

在這期間，屬下都很關心我，也有醫生建議我到美國評估，進行血管支架手術很危險，應該慢慢考慮。不過，我已經沒有時間再多做考慮，因為不知道什麼時候會二度發作。

大二太平山之旅。左起：林靜芸、我最欣賞的同學林芳郁、陳瑞雄、楊哲民、陳一豪、邱浩彰、陳鐵宗、黃綠玉、吳愛卿。（照片提供／陳一豪）

沒多久，我便放了兩個血管支架，那是我生平第一次做這種手術，當時我胖到七十六公斤，擔心全身麻醉難插管，又怕導尿，尤其導尿對男人而言，是很痛苦的事，自己當了病人，才能體會到。

手術後隔天，我趕緊拜託醫生拔掉導尿管，準備出院，還去辦公室走一圈。結果從辦公室回來後，右腳突然變麻了，馬上再做緊急的檢查，發現在左腦視丘梗塞，是放血管支架的併發症。

為此，我又住院兩個月，其實不必那麼久，但太太要我休息，她原本以為手術一切都結束，很高興要回家了，但事出突然，讓她的心情忽然降到谷底。這兩個月，剛開始洗澡不方便，需要老婆幫忙；上廁所

時，身體右邊都是麻的，也沒有辦法自己清理。想起身做任何事，都得靠別人。那一刻，我終於感受到，身為病患與健康的人，有多麼不同。

活著，就是要用光自己可以利用的價值

不幸中的大幸，就是至少引發的地方沒有傷害到運動機能，否則往後就不能再開刀，我的事業也不知如何走下去。

這段日子，我了解生病時，另一半非常重要。自己沒辦法如廁、洗澡，都要靠她，如果讓別人來幫忙，我也沒辦法接受。太太堅持陪在我身邊，我很感動，但家中還有小孩要照顧，三個星期後，我便請她晚上盡量回去陪孩子，不要這麼勞累。

大三時攝於太平山翠峰湖林務局招待所；左起：邱宸玉、陳一豪、陳鐵宗。
（照片提供／陳一豪）

周遭的關懷，也成為支持我的一股力量。住院期間，訪客絡繹不絕，儘管身體疲累，還是要起來迎接，此時才知道為什麼要有「謝絕訪客」的牌子。尤其科內的醫師，每天都會偷偷過來「瞄」一下，甚至病人的女兒也特地前來關心，鼓勵我早日康復，讓我非常感動。

生了這場大病，我領悟到很多人生的道理，於是下定決心「戒菸」，戒菸的目的不單為了自己，也為了別人。

以前在同學會上，我常說只要活到五十歲就好，甚至怪葉金川，為何要把台灣人口平均壽命提高到七十、八十歲。現在，有了新的認知，如果對某些人還有用，就得珍惜自己的身體，所以我戒了菸，不必靠藥物幫助，有決心，就可以戒！

對我而言，「不順利的事，不代表不好的結果，重要的是自己如何看待、處理」，現在回顧事業上的轉折，如離開台大、從長庚出走到馬偕、之後又重回長庚……，看起來都是失去大好機會，但換個角度看，說不定讓我得到更多，像在生涯裡走對方向，投入專業的頭頸癌領域，而且也因為這樣，使我更堅強、成熟。

我本來只想拚到五十歲，接下來吃喝玩樂什麼都來；但現在我發現，如果真的就此「game-over」，實在對不起太多人，所以我戒菸，也開始珍惜身體。活著，就是要把自己可以利用的價值都用光，沒有什麼比這件事更有意義。

我沒有任何宗教信仰，不過，我認為發生在身上的任何事，隱約都有一些因與果。碰到困境，我從來不抱怨「為什麼是我」，也不會聽天由命，而是「fight」，fight以後得到的結果，才是宿命，也才能虛心接受。

（採訪整理・蔡睿縈、吳珮嘉）

74 盧玉強

長期關注老年醫學，加上宗教信仰，即使離老年愈來愈近，也不會有很多的憂慮，而是及早規劃，用平常心來接受歲月的壓力。

學歷◆台灣大學醫學院醫學系醫學士（一九七五）、美國北卡州鮑文格利（Bowman Gray School of Medicine）醫學院中風研究員（一九八三～一九八四）

經歷◆台北榮民總醫院神經內科主治醫師（一九八一～一九九五）、高雄榮民總醫院神經內科科主任（一九九六迄今）、高雄榮民總醫院高齡醫學中心兼主任（二〇〇四迄今）、國立陽明大學神經內科兼任副教授（一九九八迄今）、第六屆台灣癲癇學會理事長（二〇〇一～二〇〇三）、第六屆台灣腦中風學會理事長（二〇〇五迄今）

現任◆高雄榮民總醫院神經內科科主任

興趣◆太極拳、網球、旅遊、登山

上圖：2004.6.5，長女畢業，全家合照於國立陽明大學。左起：盧玉強、長女盧安怡、妻溫春麗、次子盧康樂。（照片提供／盧玉強）

下圖：2005.7.16，畢業30年同學會上，與同學合影於烏來內洞瀑布前。左起：楊士宏、鄧世雄、盧玉強。（攝影／蔡睿縈）

要當快樂的銀髮族

年過半百之後，漸漸感受到歲月的壓力，尤其對生命懷抱理想的人，如果能夠活得愈久，完成理想的機會愈大。我長期服務老年人，發現長壽老人普遍的特質是：生活規律、注重保養、飲食清淡，而且個性開朗。個性開朗的人不會把煩惱看得太嚴重，今天的煩惱今天就解決，不會延續到明天，這種人活得長壽又快樂。

雖然壽命和基因關係密切，但是，後天的努力也很重要，如果勤於保養，加上環境舒適的話，就比較有可能長壽。就以北歐國家和鄰近的日本來說，老人福利做得好，公共設施也很完備，這樣的環境讓老人覺得舒適，自然而然就活得比較久。

什麼樣的環境才是適合老人的環境？有一些單位蓋了老人公寓，裡頭的設施很完備，可是卻不受歡迎，那是因為老人還是社會的一份子，需要和社會互動，老人生活不是關在籠子裡，老人生活脫離不了家人、朋友，以及熟悉的環境。所以，年紀大了以後，老家還是最適合居住的環境。

和我們文化背景相近的日本，老年人占總人口數百分之二十，他們的觀念就是原來住在哪裡，老了以後還是住在那裡，即使不住在家裡，也是住在附近，因為老人生活不是只有看病吃藥，還要有很多生活功能，像是吃飯、看電視、和朋友聊天、泡茶……，一切都很熟

悉，這樣最人性化；而且，老人家記性差，生活在熟悉的環境也比較不會迷路。我們去日本考察的時候發現，日本的老人公寓到處都是，有如量販店般普遍。

我在台北榮民總醫院看了二十年的老人，到高雄榮總也服務了十年，由於看的病人以老年人居多，原本我和病人年紀還有一段差距，現在我和病人的年紀愈來愈接近了，總有一天，我也會加入老人的行列。我覺得從小到大，從年輕到年老，生命有一定的軌跡，誰也逃避不了，年老並不是可怕的事，一則有中心思想，二是提早規劃，就可以當一位快樂的銀髮族。

1969年暑假，大專學生集訓，盧玉強（右）與鄧世雄（左）攝於台中中興新村。（照片提供／盧玉強）

用平常心接受人生的必經過程

以基督教的觀念來說，人是永生不死的，人的身體會死，但是靈魂不會死。我們平常也可以教導小孩子：我們要孝順長輩，對老年人很好，因為靈魂不會死，以後長輩會祝福你。而我們自己知道死後靈魂的去處，對生老病死也比較容易淡然處之，不會感覺惶恐。

還有就是趁早做規劃，當五十多歲時，就要做好財務規劃、保險規劃，擬定「退休準備計畫」。例如像孩子都不在身邊，要怎麼過老人生活？也許幾個好朋友住一起、也許住在老人公寓……。還有像保險，愈年輕買，保費愈便宜，年紀太大有時根本無法投保。愈早開始規劃，愈能夠擁有愉快安定的老年生活。

年紀大的人常常不只有一種毛病，找到一個固定看診的醫師也很重要。因為長期的互動，病人稍微描述一下情況，醫師就很容易判斷。如果常常換醫師，彼此的了解不夠，就要花更多時間探索病情。像是我看老人疾病，病人的穩定性很高，因為一看就是十幾二十年，彼此非常信任，病人很少換醫生，醫生看的也都是老病人，後來很多都變成朋友了。

由於長期關注老年醫學，加上有宗教信仰，即使離老年愈來愈近，我也不會有很多的憂慮，而是及早規劃，用平常心來接受這個人生必經的過程。

（採訪整理・林淑蓉）

1970年春大二時，鐵騎遠征博物館，左一為盧玉強。（照片提供／盧玉強）

97 雷德

因為叫雷德，專攻放射線科。服務地區從北到南，要均衡南北的放射線治療水準。即使工作地點不停轉換，堅持不搬家，獨自通勤，給家人安定感。

學歷◆台灣大學醫學院醫學系醫學士
經歷◆台大醫院主治醫師、台大醫院放射線科副教授
現任◆苗栗為恭醫院放射腫瘤科主任
專長◆放射腫瘤學、放射線學
興趣◆音樂、出遊

上圖：1981年，與女兒雷曉雯攝於台北家中。
（照片提供／雷德）。
下圖：1985年1月，與妻翁雪娉、女雷曉雯攝於台南。
（照片提供／雷德）

因為名字進入放射線科

打從畢業之後，就留在台大醫院服務，數十年如一日。二〇〇二年退休之後，按照我預先做好的人生規劃，轉到私人機構服務，不必再負擔行政工作，全心全意做專業的部分，自由揮灑的空間反而更大。

在台大醫學院念書期間，我還沒選定專攻科目，學長們卻已經幫我想好未來的路，就是留在醫院放射線科，原因是我的名字。當病人做放射線治療時，人體吸收的單位就稱為「雷得」，醫生幫病人做電療時，要先評估應該用多少雷得。所以，畢業後我順理成章進放射線科。

在台大醫院做了一年之後，我和太太移民到美國。但是，在美國住了兩年之後，我父親過世，只剩下母親一個人在台灣，我不得不舉家遷回台灣照顧母親，同時又回到台大醫院重操舊業，一直做到退休。目前我在台大還保留一些教書課程，經常在校園進出，感覺上不曾離開。

還在台大醫院當醫師的時候，我就曾想到私人單位服務，原因之一是我對專業很有興趣，但是，在台大還要負擔行政，瓜分掉我的時間。其次，電腦化之後，放射線治療有突飛猛進的發展，因為電腦可以幫忙計算，非常準確，也比較可以避免日後的併發症。如果有最

新的儀器，可以讓治療更有效，不過，在公家單位，從提出計畫到預算撥下來，需要二、三年，這中間儀器又更新了，有時候，私人單位更新設備還比公家單位快速有效率。

為了在專業上更能發揮，我先到台南郭綜合醫院服務，兩年後轉到苗栗為恭醫院。剛到郭綜合醫院時，我算是開風氣之先，很多人還抱著觀望的態度，想先看看你做得如何，後來證實療效真的不錯，大家就漸漸有信心。原本在放射線治療領域裡，南北差異很大，我到台南耕耘二年後，南北已經比較平衡。

當台南這個地方穩定下來之後，我轉到苗栗，這又是一個沙漠地帶，需要花時間慢慢耕耘，為恭醫院做放射線治療已經好幾年，但是，一直沒有固定醫師駐診，我希望把這個地區的水準提高，讓該地區的民眾不必為了治療而跑來跑去。

工作與休閒生活並重

到中南部推廣放射線治療很辛苦，但是，這是我的願望之一。我自己從小常搬家，我恨

1972年，與熱戀的女友翁雪娉攝於香港。
（照片提供／雷德）

1999年11月，與家人攝於美國芝加哥。
（照片提供／雷德）

死了搬來搬去的日子，更何況是癌症病人，他們得了重症，還要跑來跑去，無形中增加不少身心壓力。如果可以把各個地方的放射線治療全面提高，病人可以就近找到治療管道，減輕不少負擔。然而，為了不讓家人跟我搬來搬去，在中南部工作時，我堅持不搬家，我一個人通勤，家還是在台北。

除了工作之外，我很重視休閒生活。在學生時代，我和楊光榮等同學組成合唱團，那時候都唱英文歌，我負責找原譜，交給楊光榮改成簡譜，那時候看得懂「豆芽」的人不多。畢業之後，我們還聚集在楊光榮的診所練唱，因為他有一個隔音設備非常好的診間，可以很盡情開懷地唱。在學校我還帶台大杏林搖滾樂社，剛開始帶的時候，才二、三個樂團，人數才十多人，直到我退休時已有六十多人。這個社團水準很高，樂器很多，而且，保證三個月上手，因為都是小班教學，吉他手教吉他、鼓手教打鼓……。

2005.7.16，畢業30年同學會當晚，雷德（右）與楊哲民舉杯為30多年來不因時空阻隔而走味的友誼慶賀。
（照片提供／董氏基金會、攝影／許文星）

家庭方面，太太、女兒也都很喜歡跟我一起出遊，我常利用開會的時候帶她們出國，有一些議程我沒參加，就可以自由安排喜歡的景點。我們也常去香港，因為吃的東西特別美味，她們又喜歡買東西，距離台灣又很近，所以，全家常常一起遊香港。

退休之後，工作、家庭、休閒生活都能面面俱到，如果事先做好規劃、安排，退休後仍然可以過有意義、有活力的生活。

（採訪整理・林淑蓉）

陽光，在這一班

真情流露

8 柯滄銘

和太太純貞的感情好得就像連體嬰。沒想到卻是班上第一個失去太太的人。至今仍把她的遺照和雕像放在臥室，衣服也留著，好像她還在身邊。

學歷◆台灣大學醫學院醫學系醫學士、台大醫學院臨床醫學研究所碩士

經歷◆台大醫學院婦產科講師、副教授、教授；省立桃園醫院院長、台大醫院優生保健部主任

現任◆柯滄銘婦產科負責人

專長◆遺傳學、產前診斷、分子生物學、超音波診斷、婦產科學

上圖：2005.7.16，柯滄銘參加於烏來雲頂飯店舉行的畢業30周年同學會，與大女兒柯宇璇合影於餐廳外的雙人鞦韆。（照片提供／柯滄銘）

下圖：2005.7.16，柯滄銘參加於烏來雲頂飯店舉行的畢業30周年同學會，與小女兒柯宇珊合影於會場。（照片提供／柯滄銘）

二十五年投身遺傳研究

所有的醫學回歸到最後，都與遺傳有關，婦產科尤其跟遺傳學和染色體密切相關。我原本計劃鑽研婦科腫瘤，然而就在民國七十一年卸下桃園醫院婦產科主任，回台大時，政府正開始推動優生保健。國內這領域還在萌芽階段，李鎡堯教授要我從事這方面的工作。

在這篳路藍縷的階段，謝豐舟教授和我邊看書邊做，我們從做中學，觀念和技術也越來越上道。

兩年後我進入台大臨床醫學研究所博士班，當時DNA的臨床應用才剛開始；引起地中海型貧血的血紅蛋白基因也剛在三年前被發現。我就以這些基因的研究，做為博士論文的題目。

就讀博士班時由衛生署補助，到美國約翰霍普金斯（Johns Hopkins）大學附設醫院進修，之前我們已經可以在產前，診斷胎兒的地中海型貧血了。

目前國內遺傳學的臨床應用還不錯，只是基礎研究較差。二十五年來，我都以這個領域為研究目標，目前也在台大醫學院教導有關DNA檢查和產前診斷。

用心能隨時幫助病人

好好當個醫生可以協助很多人，但如果粗心大意，卻會害死一堆人。

近四年來我內人純貞每年都到防癌醫院接受乳房檢查，卻沒能及早發現癌症，等到轉到台大醫院時，已經來不及了，這是我一生無法彌補的遺憾。

事後聽說該院針對純貞的事件有所檢討，但願這是她用寶貴的生命換來的貢獻。醫師應該把犯錯減到最低，即使是很小的疾病，也不該疏忽，否則影響很大。例如病人可能因為陰道出血或陰部發癢，而睡不好、心情不好，不但破壞工作情緒，也會影響人際關係，產生連鎖效應。

我樂於當個好醫生，雖然有一定的風險，但只要能細心、用心和將心比心，可以幫助很多人。好好當醫師，實在很快樂。

好的子女沒辦法篩選出來

雖然我從事遺傳篩檢的工作，但好的子女沒辦法安排，也無法事先篩選出來，家中各成員的互相扶持和努力比較重要。

孩子的遺傳來自父母。純貞有很好的氣質，所以小孩的氣質也不錯；加上良好的家庭氣氛，親子關係自然很好。尤其純貞走後，兒子、女兒跟我更為親近。

我很滿意三個小孩都遺傳到媽媽的特質，尤其大女兒跟她最像，很貼心，會牽著我的手去逛街。我也很喜歡牽女兒的手，那種感覺很棒。

2000年8月，診所開幕，婦產科同事來慶賀。後排左起：陳思原醫師、陳擇銘醫師、何弘能教授、妻陳純貞。前排左起：柯滄銘、謝豐舟教授、陳燕惠主任。（照片提供／柯滄銘）

每個小孩都會有叛逆期，會讓父母不高興。如果父母能引導他們走過這段日子，之後親子關係反而會更好。

關心小孩不只是嘴巴說說，也要採取行動。孩子上小學、國中的時候我很忙，純貞負起大部分教養他們的責任。近年來我覺得，除了健康之外，親子關係很重要，所以會多花時間跟孩子相處。我很欣慰，純貞在前半段把小孩照顧得很好，現在我接收她的成果，有如倒吃甘蔗。

形影不離彷如連體嬰

同學會時我都會帶著純貞一起出席，她很樂於參與我們的聚會，甚至幫忙買東西、張羅一切；她以我的同學們

91年全家福，左起：大女兒柯宇璇、柯滄銘、妻陳純貞、兒柯宇軒、小女兒柯宇珊。
（照片提供／柯滄銘）

感到自豪，外人還誤以為她是我們的班上同學。

去年同學會，她因生病接受化療，沒辦法出席。年初她蒙主恩召，我第一次帶女兒出席，心裡很難受，也很難忘。

雖然純貞生產和手術都是我親自處理，但我日常生活起居都很依賴她。失去她以後，我要同時擔負父親與母親的角色，幸好她已經打好基礎，我不至於受到太大的影響。

我跟純貞就像連體嬰，有人誤會她是妻管嚴，其實是我離不開她。每次出國開會，我一定要求她陪我去，我才參加。

有次我擔任醫院評鑑的委員，需要到中部幾所醫院評鑑，總共要三天兩夜。我實在不習慣自己一個人睡，只好請純貞陪我一起去。其他委員問起為何太太也來了，就編理由說：她剛好要參加親戚的喜宴。隔天早上我去醫院評鑑，純貞則搭自強號回台北處理事情，晚上再搭火車，深夜回飯店陪我，櫃檯人員可能以為我半夜找女人陪睡，她的體貼讓我非常感動。

堅強陪伴到最終

得到癌症對任何人都是很大的衝擊，純貞從生病到過世一年多的時間，一直都很堅強。雖然我和她抱頭痛哭過無數次，但我告訴自己要堅強，純貞也不要我因為她的病而拖垮家庭和工作。她盡力接受該有的治療，我則努力維持工作和家庭生活的正常，讓她放心。

純貞是基督徒，她以前就一直希望我也成為基督徒。她生病期間，我盡可能陪她上教堂，後來也受洗了。她很高興，我內心也很充實，希望將來我們能夠在天上的家再相逢。

我和純貞無話不談，現在二缺一，雖然有些遺憾，但影響不大；我只是轉移對象，跟兒子女兒聊天。

人實在非常脆弱，從她生病開始，我更加注意自己的健康。夫妻就像家庭的兩根柱子，一根柱子已經搖搖欲墜，如果再有一根倒下，就很慘了。所以我也做了身體檢查，希望自己的健康能維持在最佳狀態。

以前會和純貞到醫學院體育館打羽毛球，前陣子女兒主動表示要跟我打球，我滿期待的。我四十幾歲開始學游泳，這是純貞促成的。現在我每兩天游泳一次，很感謝她讓我養成良好的運動習慣。

形逝　精神在

純貞走了將近一年，偶爾孩子也會羨慕同學都有媽媽。我在班上什麼都沒有爭第一，沒想到卻是第一個失去太太的。有些人在另一半過世後怕傷心，會盡量避免接觸她的遺物。我把她的遺照和雕像放在臥室，衣服也大都還留著，好像她還在身邊一樣。

以前每年我們都會照一張全家福照片，今年她走了，我跟孩子還是延續這個傳統。雖然純貞形體不在，但她的精神一直跟我們長相左右。

我問女兒對未來有什麼願望，她回答說：希望維持家的完整性。經歷了這些事情，我會更珍惜與孩子相處的時光，讓家更團結，更溫暖。

（採訪整理・曾鈺珺）

16 謝德生

能有機會年年和大學老友見面敘舊，就是人生中的一大樂事！如果世界上真的有前世今生，希望延續彼此的「緣分」，讓這場同學會一直開下去。

學歷◆台灣大學醫學院醫學系醫學士

經歷◆省立桃園醫院泌尿科主任、台大醫院泌尿科主治醫師、台大醫學院泌尿科講師、中華民國駐沙烏地阿拉伯醫療團醫師

現任◆國泰綜合醫院泌尿科主任、中華民國泌尿科醫學會常務理事。

上圖：2005.12.3，長子結婚全家合影。
（照片提供／謝德生）

下圖：在美國進修時，全家去巴爾的摩玩，合影於約翰霍浦金斯大學醫院前，當時還巧遇大學同學林水龍醫師，他鄉遇同學，印象格外深刻。
（照片提供／謝德生）

人生的一大樂事

如果你問我，一路走來到現在，覺得最幸運的事有哪些？那麼我想，無論答案有多少，當中一定少不了「每年開大學同學會」這一項。對我來說，能有機會年年和大學老友見面敘舊，就是人生中的一大樂事！

記得那時候，我剛從高雄北上唸大學，才開學沒多久，就和葉金川、黃瑞雄幾個人成了「死黨兼換帖」，下了課經常一起打球，吃喝玩樂總少不了彼此。

有一次，隔天就要考期末考，但我們幾個男同學還是不怕死地跑去操場打球，當時正在圖書館埋頭苦讀的女同學，瞧見窗外的我們悠哉閒哉打籃球，還緊張地跑來問我們，是不是早已經知道考題，否則怎能那麼輕鬆。結果我們的回答是，早已經收集好班上多位同學的筆記精華，只要念一次就能融會貫通，鐵定「ALL PASS」，但後來的事實證明我們是「膨風過頭」，因為當中還是有人因此被教授當掉，讓我們覺得很糗！

說到這裡，我就忍不住要「吐槽」老同學一下。大家別看葉金川現在當台北市副市長，一臉正經八百的模樣，念大學時的他，可是調皮的很，腦筋動得很快，既會玩又會唸書，還被我們取了個綽號叫「瘦豬」。當時的他，家明明就在台北，卻老愛來學校和我們這群中南部同學一起擠宿舍、打地鋪，有時候大夥半夜起床上廁所，走路不小心、腳還會踢到睡在地

1977年，畢業後同學於陳淳結婚喜宴上相聚。左起：侯勝茂、劉秀雯、蔡月霞、謝德生、葉金川、洪肇隆、蘇寬文、白櫻芳。（照片提供／謝德生）

板上的他，引來一陣哀嚎聲，儘管被踢的很痛，但他還是樂此不疲。不過也因為如此，讓大家的感情愈來愈好。

投入外科領域的泌尿科

踏出校門後，我選擇投入外科領域的泌尿科。有趣的是，不知為什麼，我們這班選這科的人似乎特別多，一共有九位，因此每次開同學會，我們總會向其他男同學開玩笑地打趣，以後有「尿不出來」的困擾，只要找老同學就可以搞定，不用擔心會不好意思看醫生。

而回首當外科醫師的生涯，最忙時一天得開上十幾次刀，雖然每次動完手術都覺得筋疲力盡，但只要看到病人因此而康復，就覺得很有成就感。此外，由於泌尿科幾乎是包辦一個人從小到大的泌尿毛病，所以我的病患也涵蓋

1975年，畢業前夕與同學攝於台大醫學院。左起：白櫻芳、謝德生、葉金川、林凱信。（照片提供／謝德生）

各種年齡層，從幾個月大的新生兒到百歲人瑞都在其中，常有爺爺帶著孫子一起來給我看病。不過，或許是我開朗的個性使然，也因此和這些長輩們建立起好交情，年輕時常有阿公嚷嚷著要幫我介紹女朋友，甚至還有阿嬤親手織毛衣給我，把我當兒子一樣照顧有加。

如今年過半百，再回想起以前念醫學院發生的趣事、與病患間的互動，仍然歷歷在目，彷若昨日。

有緣千里來相會

其實，我們這一班除了製造出不少「大學回憶」外，就連緣分也似乎特別深。舉例來說，大家除了唸書時聚在一塊外，畢業後也常能「不期而遇」。記得有一年，我利用前往美國匹茲堡大學當研究員的閒暇時間，帶著老婆、孩子開車前往著名的觀光景點——華盛頓白宮遊玩，竟然同時碰到了林水龍、駱惠銘兩位老同學也帶一家人前來旅遊，這段巧遇讓我們忍不住笑說彼此真是「有緣千里來相會」，即使是出了國，也能照樣舉行同學會。

2005年7月，畢業30年同學會前幾天，與大學同學在台北市百菇園聚餐。左起：吳愛卿、謝德生夫婦。
（照片提供／謝德生）

老實說，我很幸運，能夠考上台大醫科，成為泌尿科醫師。但更幸運自己能有緣分和大家成為同學。我常在想，如果世界上真的有前世今生，那麼我希望下輩子還有機會能夠和大夥成為「同學」，延續彼此的「緣分」，讓這場同學會一直開下去。

（採訪整理・羅智華）

謝德生

讓 同 學 會 一 直 開 下 去

32 駱惠銘

受到父親生病驟逝影響，不願意輕易放棄每一個可能存活的生命，總是花比一般急救程序更多倍的時間來救病人，看看能否出現「一線生機」。

學歷◆台灣大學醫學院醫學系醫學士
經歷◆台灣大學醫學院副教授、省立桃園醫院內科主任、副院長、代理院長、慈濟醫學院副教授
現任◆輔仁大學醫學院教授、新光醫院心臟內科主治醫師
專長◆心律不整

上圖：1994年，榮膺美國心臟學院院士，攝於援袍典禮。左起：駱惠銘、高雄醫學大學賴文德教授。（照片提供／駱惠銘）

下圖：1987年，在台大校友會館舉辦同學會。左起：駱太太、思融、思穎、駱惠銘、侯勝茂。（照片提供／駱惠銘）

有樣學樣地K書，一頭栽進心臟內科

時間過得好快，一晃眼已經畢業三十年了，這一路走來擁有許多回憶。記得當年念台大醫學院的時候，常有親朋好友問我，為何會想當醫生？為何選擇心臟內科？我當時心裡想的是，人生際遇真的很奇妙，如果不是考上建中，我想我會選擇念台北工專電機科，讓自己可以早點出社會，早點幫忙分擔家計，那麼我現在的職稱也就不會是「醫師」，而是「工程師」。

至於會選擇心臟內科的機緣，則是因為大三暑假，陪家教學生去考大學聯考時，碰巧遇到就讀台北醫學院的高中同學，閒聊間發現高中同學在老師還沒有教課之前，就已經先買了與心電圖有關的書回來「預習」。同學的「認真上進」讓我聽了有些不好意思，趕緊也有樣學樣地去買書回家K，沒想到愈讀有愈有趣，後來就一頭栽進心臟的研究領域中，一直到現在都沒有變過。

同窗情誼特別深

不同於一般大學，醫學院一念就是七年，就連同窗情誼也比其他大學生多了三年，不但同學間的緣分特別深，連感情也特別好。在去年（二〇〇五）七月舉行的三十週年同學會上，好多「老同學」從海內外各地趕回來參加，那種感覺就好像又回到唸書時代，大夥一起上課、做研究的昔日時光，讓人很懷念。

回顧這七年的醫學院生涯，其中發生不少令人難忘的事。就拿我們這班來說，多達一百人的大班級裡，女生卻只有二十幾個，因此每個女生都被當「寶」來看，就連談戀愛也要講求快、狠、準，動作慢一點，心儀女生馬上就被別人給追走。

像現任台大醫院院長林芳郁在念大一時，就已經和現在的整形名醫林靜芸互相吸引了。但他們這對情侶很特別，不但沒被戀愛沖昏頭，還相互砥礪求進步，約會地點最常選在圖書館一起唸書，讓其他同學都很佩服。畢業後，我還曾和林芳郁一起進行心臟研究，並在民國七十六年攜手合作，成功完成全亞洲第一例的「房室結迴路型頻脈」手術，在醫學界引起很大迴響。

雖然醫學院的繁重課業讓大家平日都忙著讀書、準備考試，大夥兒各忙各的，卻不忘關心同學。我印象最深刻的是，大四那年寒假，我和蔡茂堂（現為台北和平基督長老教會牧師）、楊士宏（現為紐約石溪大學醫學院臨床副教授）並沒有回家度假，而是留在學校當黃伯超教授（現為台大醫學院生化學分子生物學科名譽教授）的「實驗動物」，一方面學東西，一方面賺點外快來充當新學期的生活費。

1984年，在哈佛醫學院進修。左起：兒駱思穎、駱惠銘、女駱思融。（照片提供／駱惠銘）

同學之愛陪伴，走出喪親之痛

但就在研究接近尾聲、即將過年的時候，我卻突然接到家裡傳來的緊急電報，電報上只簡單寫了「父亡、速回」幾個字。當時我腦袋一片空白，無法思考，由於沒辦法立刻趕回去，更讓我的心情覺得慌亂。還好蔡茂堂與楊士宏知道後，一直陪在身邊安慰我。

當時，篤信基督教的蔡茂堂就已經展現出「牧師」的「架勢」，不只引用聖經上的話來開導我，還傾聽我內心的傷痛，幫助我的心情慢慢平復。

而趕回家後的幾天，正忙著處理父親身後事的我，忽然收到一份郵差送來的包裹，我納悶地打開一看，發現裡面竟是一袋用一百塊、五十塊、十塊、五塊，甚至還有許多一塊錢硬幣所堆起來的「白包」，上頭署名蔡茂堂與楊士宏。當時，我看了非常感動，因為我知道，這些錢可以算是他們「傾家蕩產」所累積起來的「心意」，就算數目不多，但這份心意令我永生難忘。

1990年，與台大醫學院曾淵如教授（左）、曾春典教授（中）合影於丹麥美人魚雕像。（照片提供／駱惠銘）

尤其是蔡茂堂，當時可說是班上出了名的「窮學生」，身兼三個家教的他，不但

要負責自己的學費、生活費，還要負擔弟弟、妹妹的註冊費，生活壓力很大，曾經還有一度窮到差點要放棄醫學院不讀、準備辦退學的窘況。儘管如此，他還是把身上的錢全都給了我，讓我更感動。也因為有他們深厚的「同學之愛」，而讓我可以逐漸走出沉重的「喪親之痛」。

還有一次，我因為做化學實驗不小心弄傷右手掌，當場血流不止，後來雖然找了坊間診所緊急處理、縫了三針，但醫師卻因為把線縫得太緊，而讓我的手不太能伸展，就連打球也只能用左手打。當時，我並沒有特別告訴其他同學這件事，但林靜芸知道後，就馬上帶我去找她擔任外科醫生的父親林秋江，林伯伯看了我的情況，免費幫我重新切開傷口，再縫起來，之後，我的手很快又「活動自如」。

1993年，獲邀在亞太心臟電生理學會（日本千葉）特別演講。左起：林芳郁、林俊立、李源德、駱惠銘。（照片提供／駱惠銘）

與死神在鬼門關拔河搶病人

醫學院畢業後，同學各奔東西，各在不同領域發展。以心臟內科來說，我常形容這是一門「與死神在鬼門關拔河搶病人」的類科，醫生搶贏了，病人就可以繼續活下來。

對主攻心律不整的我來說，就有好幾次的「拔河」經驗。幾年前，有一個二十出頭的少婦，因心肌梗塞併發心室頻脈被送來急救，當時她幾乎連血壓都量不到，命在旦夕。我和同事緊急為她治療。半個小時後情況惡化，測不到生命跡象。即使如此，我還是不想放棄，繼續做CPR，並給予各種急救藥物，三個小時後，奇蹟出現了，心電圖開始有了反應，後來病人順利出院，以後還懷孕生子，至今都還會回到醫院來和我打招呼。

有人好奇為何我會願意花比一般急救程序更多倍的時間來救病人，後來我想一想，可能是因為受到父親生病驟逝的影響，讓我不願意輕易放棄每一個可能存活的生命，總希望能再多努力一些，看看能否出現「一線生機」。

從醫近三十年，在醫院看到許多「生、老、病、死」的人生百態，對我來說，死亡是人生的必經之路，並不可怕，重要的是我們看待「生命」的態度。因此，對於重症病患，我常告訴他們要坦然接受、勇敢面對，不要輕易被疾病打倒。

如今年過半百，回首這一路走來的點滴，做了很多事，也有很多事還沒做。面對往後的人生，我除了希望將醫生的使命繼續「傳承」給下一代醫學生外，還希望能出一本與心臟治療有關的醫學書籍，一方面記錄自己的從醫之路，一方面提供更多的醫療資訊，為台灣醫界培養更多具備人文關懷、為病人著想的醫學人才。

（採訪整理・羅智華）

33 林凱信

在工作中幫小朋友服務，工作之餘保持赤子之心，不論坦途還是逆境，心仍然可任遨遊。

學歷◆台灣大學醫學院醫學系學士

經歷◆省立桃園醫院臨床診斷科主任（一九八〇～一九八二）、美國UCLA教學醫院小兒血液腫瘤科進修（一九八二～一九八三）、省立桃園醫院小兒科主任（一九八三～一九八六）、台大醫院小兒科主治醫師，台灣大學醫學院小兒科講師（一九八六～一九八九）、台灣大學醫學院小兒科副教授（一九八九～一九九五）、台灣大學醫學院小兒科教授（一九九五迄今）

現任◆台灣大學醫學院小兒科教授、台灣大學附設兒童醫院籌備處副主任、台灣海洋性貧血協會理事長

專長◆造血幹細胞移植、小兒血液腫瘤學

過去成果◆一九八四年於省立桃園醫院成功進行第一例小兒骨髓移植、一九八八年於台灣兒童癌症基金會設計兒童急性淋巴性白血病的治療計畫、一九九五年於台大醫院進行台灣首例親屬臍帶血移植、二〇〇〇年於台大醫院進行台灣首例非親屬臍帶血移植

研究展望◆臍帶血移植、海洋性貧血的治療與研究

上圖：2004年，生日時與家人合影。
（照片提供／林凱信）

下圖：2005年冬天，與同學白櫻芳去新店溪賞鳥後合影。
（照片提供／林凱信）

保持赤子心任遨遊

從前的醫界多少存在類似「白色巨塔」的故事，想要在大機構得到一官半職，就要靠裙帶關係，勤跑高層，甚至送紅包。我根本不會這一套，所以，職業生涯不算是平步青雲。可是，不論是坦途，還是逆境，保持一顆赤子之心非常重要，就算人生的路不夠平順寬廣，我的心仍然可以任意遨遊。

身為小兒科醫師，每天都要和小朋友互動，在醫院、回到家裡都在照顧小孩子，不少男人為了拚事業，有時候連小孩唸幾年級都搞不清楚，我剛好相反，對小孩的成長過程瞭若指掌。我會注意孩子什麼時候長牙齒，什麼時候掉牙齒，還有耳屎應該清一清了……。前些時候，在美國大學畢業、開始工作的兒子還跟我說：「好想回去，讓你幫我挖一挖耳屎。」

敏銳觀察孩子發展過程

觀察小孩的發展過程是一種享受，看他從小到大慢慢成長，每一個階段的變化都很大，不同的年齡層有不同的互動方式。要當一名好的小兒科醫師，要有敏銳的觀察力。像是幼兒，看他是自己走進來或是媽媽抱進來，還有他和家長的互動好不好，大約就可以知道他的心情好不好；再看他是不是有打噴嚏、咳嗽、發燒等症狀，大概可以猜到可能是感冒；然後再問一下家長，就能知道嚴不嚴重……。有些時候，儀器都還沒派上用場，種種徵兆大概就

可斷定得什麼病。

和小孩子互動也有不同的模式，平常就要多看卡通，還要準備貼紙，有些小朋友一來就要貼紙。在做檢查的時候，如果他願意配合，那很好；如果他不配合，還要想辦法轉移注意力；有的可以很快跟他說，有的要慢慢哄他。如果是叛逆期的小孩，當希望他「往東」的時候，就跟他說「往西」，那就可以達到目的。看小孩不能很快，需要多花時間，所以，我一個診限定二十～三十人，這樣才能顧到品質。

平常心看待掌聲

除了一般的毛病，國內處理一些重大疾病的醫療技術也已經到達國際水準。像是非惡性腫瘤的海洋性貧血，如果捐贈者條件很合適，成功率可以達到百分之九十以上。以ALD來說，在高雄張家三兄弟選擇赴美就醫之後，呂沛頡小弟弟選擇到台大醫院來就醫，我和學生組成的醫療團隊幫呂小弟弟開刀成功之後，呂秀蓮副總統還特別到醫院來看呂小弟弟。

台灣在罕見疾病方面的醫療技術已經相當成熟，不過，有人跟我們搶病人，表示我們還要更加努力。當完成一個高難度的手術，多少會得到英雄式的掌聲，年輕的時候覺得還蠻新奇的，有飄飄然的感覺；現在只是以平常心看待，甚至樂於見到有一天被超越。我經常跟學生說：「醫學上有很多困難都還沒解決，希望你們超越我們。」

林凱信全家與台北地標101大樓合影。（照片提供／林凱信）

我從小好奇心就很強，年紀大了還是一樣，對世界充滿好奇。所以，我一直很喜歡旅行，將來退休之後，希望到更多的地方去看看，趁著肉體還可以走動完成環遊世界的夢想。

當然，我們不可能踏遍世界上每一吋土地，身體旅行之餘，心靈也可以遨遊，除了我所信的基督教聖經，我也會去了解別的宗教。有一次到孟買開會，臨走前我問服務生：「可否把旅館裡的（印度教）聖經帶走？」服務生說：「可以。」我還說要送朋友，服務生熱心地去幫我找來四本，回來後，我自己留了一本，其他三本都送人。

我在週末常和同學葉金川、黃國茂

2006年，參與在杜拜舉行的國際性地中海貧血病聯合會議，與妻合影於杜拜沙漠。（照片提供／林凱信）

（現任台大醫院影像醫學部主治醫師）去爬台北附近的郊山，如果順路就會去看住在象山腳下修現代禪的同學白櫻芳，我也帶了一本印度教聖經送給他。

在工作中幫小朋友服務，工作之餘保持赤子之心，做自己想做的事。這就是我半百人生的寫照。

（採訪整理・林淑蓉）

林凱信

保　持　赤　子　之　心

67

鄒國英

從幫人看病的「醫師」，搖身成為替學生授課的「老師」。有著「信仰」與同學的相挺，不斷地擁抱學生給的意外驚喜。

學歷◆台灣大學醫學院醫學系醫學士
經歷◆台大醫學系教授、台大醫院小兒腸胃新生兒科主任、中華民國新生兒科醫學會理事長
現任◆輔仁大學醫學系主任、台大醫學系兼任教授、中華民國新生兒科醫學會理事、中華民國兒童胸腔醫學會理事、台灣醫學教育會理事、中華民國早產兒基金會董事
專長◆小兒科、新生兒科、重症加護醫學、小兒肺臟學、幼兒發展
興趣◆園藝、爬山

上圖：大學時參加山地服務隊，攝於新竹縣新光部落，後排右一為鄒國英。（照片提供／鄒國英）
下圖：2005.7.16，畢業30年同學會上，與先生攝於烏來內洞瀑布前。（攝影／蔡睿縈）

信仰與同學的相挺，從醫師變老師

自從擔任輔仁大學醫學系系主任之後，我就常常在想，病人真正需要的是一位什麼樣的醫生？醫學院要怎樣才能培養出適合的好醫生？當然，這些問題以前不是沒有想過，但當了系主任之後，這些想法就更常在自己的腦海中縈繞，往往在規劃醫學系的新課程時，自己總得先歷經一番長思深考，才能做出最後決定。

老實說，當初要從台大醫學系轉到輔大協助醫學系的創辦時，我內心的確經歷了一番掙扎與抉擇。畢竟要一個人離開已經服務十多年的地方，這當中除了有不捨外，還有一些對未來的不確定。但身為天主教徒，我始終相信「信仰」會帶給我力量，讓我可以勇敢地繼續走下去。

除了信仰之外，我還很幸運地擁有一群可以助我一臂之力的大學同學。輔大醫學系成立後，我為了讓醫學系學生了解一個醫生要怎麼規劃自己的生涯，特別情商這群大學老同學前來學校演講，分享他們自己的人生經

1990年，亞太周產期醫學會與國內外學者合影，左四為鄒國英。
（照片提供／鄒國英）

驗。記得那時候，雖然大家都忙得不可開交，各有自己的事要做，但是一聽到我的邀約，卻都義不容辭，放下手邊工作，百忙中抽空來校演講，展現相交多年的同學愛。而他們的分享，也帶給學生很多啓發，我真的很感謝有這群老同學的友情相挺。

不過，從幫人看病的「醫師」，搖身為替學生授課的「老師」，常有人問我，兩者之間有什麼不一樣？其實，從某個層面來說，這應該算是圓了我小時候想要當「老師」的夢想。但有趣的是，以前會夢想當老師，是因為羨慕老師每年都有寒暑假可以放，但現在真的當了「大學老師」後才發現，原來當老師一點也不輕鬆，就算是寒暑假也要閉關作研究、寫論文；當了系主任後更慘，不但要作研究，還得規劃下學期新課程，簡直比沒放假還要累！

鄒國英大學畢業時與同學攝於台大醫學院大門。（照片提供／鄒國英）

擁抱學生給的意外驚喜

儘管當老師不輕鬆，但和學生所建立的「師生情誼」卻令我備感溫馨。記得輔大剛招收第一屆醫學生時，雖然人數不多，但系上老師都能喊得出學生名字，彼此之間就好像家人一樣。而那年的新生宿營活動中，我還和學生一起比賽夾綠豆，或許是看到系主任的關係吧，學生有點緊張，有些手忙腳亂，而我也趁機告訴學生，要成為好醫生，一定要學習臨危不亂。雖然最後學生還是夾輸我，但這幕夾綠豆的場景卻深深烙印在我的腦海中，就像是昨天才發生一樣。

還有一次，我正為新學期課程忙得不可開交，學生知道後，寫了張卡片給我，裡頭有許多溫馨的感謝小語，讓我看了很感動，這張卡片至今我仍好好地珍藏著，每當工作得很累時，我就會拿出來看，疲憊也會跟著一掃而空。

不只如此，學生更常給我一些「意外驚喜」！記得有一年生日，我正好走在醫學系教室外的走道上，當時有一位學生跑出來請我先等一下，正覺得納悶之際，耳邊就傳來了一群學生一起唱頌的「生日快樂歌」。那一刻我真的好感動，沒想到他們竟然知道我的生日，也更讓我覺得這群學生很可愛。

這些與學生之間相處的點點滴滴，直到現在仍牢記在我的心中，從來沒有忘記過，對我來說，這應該就是從「醫師」變成「老師」之後所得到的最大收獲吧！

（採訪整理．羅智華）

鄒國英（第二排左三）與新生兒學的醫師及家人在家中聚會。
（照片提供／鄒國英）

99 楊光榮

課業雖然繁重，被當的危機猶在，VIRUS仍持續每週兩次的練習，
用歌聲填滿醫學生涯中有限的空隙，
也為同學們記錄下在青春歲月裡美好的回憶。

學歷◆台灣大學醫學院醫學系醫學士
經歷◆台大醫院耳鼻喉科住院醫師、彰化基督教醫院住院醫師、長庚耳鼻喉科主治醫師、主任
現任◆楊光榮耳鼻喉嗓音專科診所院長、中華賽車會會長兼執行長
專長◆一般耳鼻喉科疾病、嗓音障礙診治、歌唱嗓音保健、嗓音外科手術
興趣◆唱歌、賽車
著作◆《民謠吉他集1～5冊》、《民謠合唱集》、《民謠吉他教本》、《鄉村民謠詩歌集》、《耳鼻喉科診所》、《歌唱發聲教學導引》、《鼻事春秋》等

上圖：1969年，四位台大醫學系二年級香港僑生組成VIRUS民謠合唱團。左起：楊光榮、鄧世雄、雷德、丘子宏。（照片提供／楊光榮）
下圖：1995.12.24，在天母禮拜堂的聖誕慈善音樂會中，楊光榮與女兒愷欣及愷樂獻唱聖詩。（照片提供／楊光榮）

VIRUS的日子

打開塵封已久的琴盒，懷抱那把似曾相識的吉他，一陣溫馨湧上心頭。輕撫琴弦，一幕幕屬於VIRUS的日子，慢慢地又回到眼前……。

一九六八年台大醫學院醫學系一年級，四個熱愛吟唱的醫學新鮮人組了一個民謠合唱團，取了個聳動的名字「VIRUS」，它不僅是「病毒」，也是「Very Intelligent and Ridiculous University Students」的縮寫，當年的年少輕狂可見一斑。

我們這班人數超過百人，除了上課擠在同一個教室外，其他互動的機會並不多。學生時代，由於練唱、表演的關係，自然和雷德、鄧世雄及丘子宏等VIRUS團員走得比較近。在大學的七年裡，我們用歌聲填滿醫學生涯中有限的空隙，功課雖然繁重，被當的危機猶在，但我們仍持續每週兩次的練習，還有一場接一場的校園民謠演唱會，在台大、輔大、東吳、淡江……，座無虛席的觀眾、熱情的安可掌聲，

1969年5月母親節，楊光榮（左二）與VIRUS合唱團在懷恩堂樂民館，舉辦了第一個校園民歌演唱會，開啟了日後校園民歌演唱會的風潮。（照片提供／楊光榮）

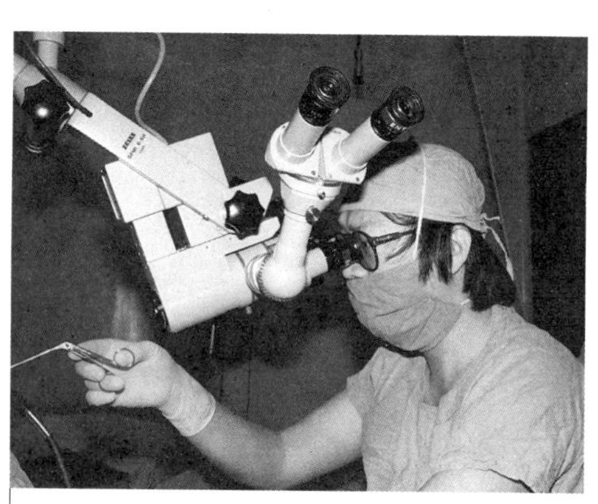

1984年，楊光榮擔任長庚醫院基隆院區耳鼻喉科主任，創設嗓音特別門診，照片中楊光榮正為病患施行聲帶顯微手術。（照片提供／楊光榮）

至今依然歷歷在目。

三年級的暑假，我出版了台灣第一本「民謠吉他集」歌本，竟在無意中掀起了大學生自彈自唱的熱潮。其實，早在「校園民歌運動」之前，VIRUS就已自譜詞曲，唱自己的歌了，說起來，我們也曾經為校園民歌運動撒下種子呢！

至今仍難忘懷，在柔柔的音律中，我們體會了友誼，享受了和聲的美妙，撫平了解剖刀的焦慮，安慰了白袍下的心靈，更孕育了一輩子深厚的兄弟情誼。

不單如此，彼此的女友，也因常陪我們練唱，從開始相識，就建立了深厚的感情。雷德的太太翁雪娉，丘子宏的太太廖明惘，鄧世雄的太太劉湘齡，和內人姚敏莉，從大五那年就因著VIRUS而結緣。現在她們幾乎每星期都碰面一次，聊聊兒女經，打幾圈「衛生麻將」，倒是其樂融融。VIRUS四兄弟雖然都是來自香港的僑生，但畢業後都選擇留在台灣發展，也許跟我們都討了「台灣老婆」有一定的關係吧！

記錄青春歲月的音符

大學燦爛的日子，隨著實習醫師的忙碌生涯而劃上句點。一九七五年，畢業前的一個星期天，我們合湊了一點錢，租了僅能使用一天的錄音室，把當年唱過的一些歌錄下來，只為留一個紀念。回想起來，我們真的很慶幸做對了這樣一件事。

這些年來，偶爾在夜深人靜時，那些熟識的音符會不經意地從錄音機飄送出來，輕撫那經過值班、上刀、急診折磨後的疲乏身心。

去年七月，為了我們班畢業三十週年的特別同學會，負責籌備的同學建議VIRUS合唱團重出江湖為大家獻唱，好讓大夥重溫舊夢。可是這些年來，彼此都忙於在各自的醫療領域中打拚，聚少離多，要再練就當年的和音，恐怕是要讓大家失望了。為了彌補這個遺憾，我們把僅存塵封多年的錄音帶製作成CD，那是一段在時空中凍結了三十年的歌聲，希望它不單喚醒了沉睡多年的VIRUS，也能勾起同學們在青春歲月裡一絲美好的回憶。星移物換，誰又能再許諾下一個三十年呢！

（整理・蔡睿縈）

1993年，創立中華賽車會，擔任首屆執行長，同時策劃興建台灣第一個賽車廠Taiwan International Speedway，並從法國引進台灣第一輛方程式賽車Formula Campus，開啟了台灣賽車運動的新紀元。
（照片提供／楊光榮）

董氏基金會出版品介紹——悅讀心靈系列

憂鬱症一定會好
定價／220元
作者／稅所弘
譯者／林顯宗

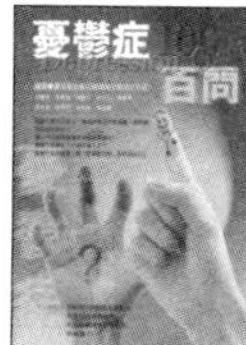

憂鬱症百問
定價／180元
作者／董氏基金會心理健康促進諮詢委員（胡維恆、黃國彥、林顯宗、游文治、林家興、張本聖、林亮吟、吳佑佑、詹佳真）

放輕鬆
定價／230元
策劃／詹佳真
協同策劃／林家興

不再憂鬱
——從改變想法開始
定價／250元
作者／大野裕
譯者／林顯宗

少女翠兒的憂鬱之旅
定價／300元
作者／Tracy Thompson
譯者／周昌葉

征服心中的野獸
——我與憂鬱症
定價／250元
作者／Cait Irwin
譯者／李開敏
協同翻譯／李自強

說是憂鬱，太輕鬆
定價／200元
作者／蔡香蘋
心理分析／林家興

幸福的模樣
——農村志工服務＆侍親故事
定價／200元
策劃／葉金川
編著／董氏基金會

陽光心配方
——憂鬱情緒紓解教案教本
定價／150元
策劃／葉金川
編著／董氏基金會

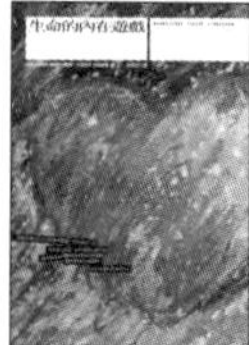

生命的內在遊戲
定價／220元
作者／Gillian Butler; Tony Hope
譯者／俞筱鈞

傾聽身體的聲音
——放輕鬆（VCD）
定價／320元
策劃／劉美珠
協同策劃／林大豐

我們
——畫說生命故事四格漫畫選集
定價／180元
編著／董氏基金會

年輕有夢
——七年級築夢家
定價／220元
編著／董氏基金會

解憂
——憂鬱症百問2
定價／160元
編著／董氏基金會心理健康促進諮詢委員

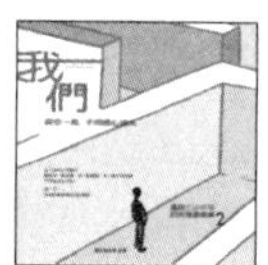

我們
——畫說生命故事四格漫畫選集II
定價／180元
編著／董氏基金會

董氏基金會出版品介紹——公共衛生系列

壯志與堅持
——許子秋與台灣公共衛生
定價／220元
策劃／葉金川
作者／林靜靜

公益的軌跡
定價／260元
策劃／葉金川
作者／張慧中
劉敬姮

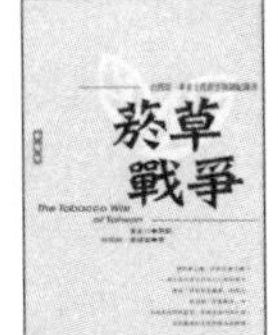

菸草戰爭
定價／250元
策劃／葉金川
作者／林妏純
詹建富

全民健保傳奇 II
定價／250元
作者／葉金川

那一年，我們是醫學生
定價／250元
策劃／葉金川

醫師的異想世界
定價／280元
策劃／葉金川
總編輯／葉雅馨

董氏基金會出版品介紹——保健生活系列

與糖尿病溝通
定價／160元
策劃／葉金川
編著／董氏基金會

氣喘患者的守護
——11位專家與你共同抵禦
定價／260元
策劃／葉金川
審閱／江伯倫

男人的定時炸彈
——前列腺
定價／220元
策劃／葉金川
作者／蒲永孝

做個骨氣十足的女人
——骨質疏鬆全防治
定價／220元
策劃／葉金川
編著／董氏基金會

做個骨氣十足的女人
——灌鈣健身房
定價／140元
策劃／葉金川
作者／劉復康

做個骨氣十足的女人
——營養師的鈣念廚房
定價／250元
策劃／葉金川
作者／鄭金寶

董氏基金會出版品介紹——ㄏㄨㄚˋ心情繪本系列

姊姊畢業了
定價／250元
文／陳質采
圖／黃嘉慈

國家圖書館出版品預行編目資料

陽光，在這一班／葉金川策劃. --初版.--
臺北市：董氏基金會，2006[民95]
面；　公分

ISBN 978-957-41-3962-0(平裝)

855　　　　95017526

陽光，在這一班

策　　劃／葉金川
總 編 輯／葉雅馨

執行編輯／蔡睿縈・戴怡君
採訪記者／林淑蓉・林芝安・羅智華
蔡睿縈・吳珮嘉・曾鈺珺
校　　潤／呂素美
美術編輯／不倒翁視覺創意工作室

出版發行單位／財團法人董氏基金會
發行人暨董事長／黃鎮台
執 行 長／周逸衡
地　　址／台北市復興北路57號12樓之3
電　　話／(02)27766133
傳　　真／(02)27522455
網　　址／www.jtf.org.tw
E-mail／mhjtf@jtf.org.tw

法律顧問／吳志揚律師

印　　刷／彩峰造藝印像股份有限公司 電話:(02)89121088
總 經 銷／平裝本出版有限公司
地　　址／台北市敦化北路120巷50號3樓
電　　話／(02)27168888
傳　　真／(02)27133422

2006年9月初版一刷
本書如有缺頁、裝訂錯誤、破損請寄回更換
本書定價：新台幣250元
ISBN-13:978-957-41-3962-0
ISBN-10:957-41-3962-X